小《こ》姑《じゅうと》気質《かたぎ》

高畠まり子 詩集・エッセイ集

コールサック社

詩集・エッセイ集　小姑気質《こじゅうとかたぎ》

目次

二章　小姑気質《こじゅうとかたぎ》

三章　反・万世一系

第Ⅱ部　エッセイ・作品集

一章　エッセイ

二章　作品

序詩

春眠暁を覚えず*
（吉田正人との共作）

春眠暁を覚えず
処々啼鳥を聞く
夜来風雨の声
花落つること知る多少ぞ

寝ぼけまなこをひとこすり
うつつに聴いた鳥の声
吹き荒れてたな　そういえば
花も散ったか庭一面

ぐっすり眠って起きもせず
啼く鳥の声も気配だけ

風の吹いたもわからない
縁先に立ちてそれと知る

あゝもうこんなに陽が高い
鳥たちゃとっくに起きている
夜じゅう風が吹きすさんだなぁ
降り積もったは花びらか

組んずほぐれつ夜っぴいて
朝まで聴こえた雁の声
吹き荒れたのは外のみか
あいつと覗く窓の外

陽の高いのにあの家《うち》は
いつ開けるやら鎧戸を
嵐の気配はおさまりもせず

花も落ちるか七重八重

幾たびもあくびが出でて止まらない
鳥はさえずり唄っているが
こちとらぁ嵐で眠っちゃいない
楽しみにしてた花も散り

いつ寝たのやら明け方に
ふと気がつけば鳥の声
荒れていたのは胸のうち
散ってしまった恋の花

暁け方になって眠りつき
まだ寝たいのに鳥の声
夕べの嵐はひどかった
花を散らしただけではないか

役人風情に揺り起こされた
カァカァからすも啼きまつわるが
おいらは都会のゴミではないぞ
殺られちゃなるめぇ散る花じゃなし

せんべぇぶとんもぬくとくなった
連中のように早起きゃ無用
夜中の嵐が騒がしければ
昼まで惰眠をむさぼるぞ
どうせおいらは散った花びら

（二〇〇一・三・二十四）

＊〔二〇二三年版の脚注〕孟浩然の詩を基にして

第Ⅰ部　詩集

一章　夕暮れの散歩

――古いノートから

夏の午後

人声に
ふと
昼寝から目覚める

母と
いつのまにか来ていた叔母が
話しているのだ

窓はあけ放たれ
すだれの向こうには
とうもろこしを植えてある
庭がある

でも私は
すぐ起きないで
また目をつぶり

そよ風の中で
ぼんやりと大人たちの声を聞きながら
寝たふりをしている

兄たちは皆
外に遊びに行っているらしい
静かな夏の日の午後

夕暮れの散歩

夕方なのに
祖母は
泣いた私をなだめようと
散歩に連れ出す

どんよりと曇った空も
もうすっかり夜への準備を整え
大山《だいせん》が勿論見えやしない

昼間の明るさは
その余韻さえ失ってしまったというのに
私は手を引かれて

米川《よねがわ》の土手を歩く
——こんな風《ふう》に外を散歩したって
泣いた理屈が
へこむわけじゃあないのに

そんな不満を
おぼろに抱き
外に連れ出された理不尽に
憤りながら
しゃくりあげる

祖母は何ひとつ口をきかず
ただ黙々と
私を連れて歩く

ぼんやりかすむ
田園風景が
夜へと沈み込もうとし

川の流れだけが
チョロチョロ
ピチャピチャと
止まることなく
聞こえてくる

ひんやりした風が
なぜか気持ち良い

そして私は
祖母の手を握って
テクテク　テクテクと

歩いてゆく
もう　うちに帰らない方がいい
そう思いながら
土手の上を
ずっと歩いていった

飛行機？

遊びに行った親せきの家から帰るのが
すっかり夜になってしまった

おもてに出ると
ひんやりした空気が
突然　皆の身を包んだ

「あ　見てごらん。飛行機が飛んでゆくよ」
兄の声に
首が痛くなる程グッと頭をそらせる
赤い灯がチカチカと高い所を動いてゆく

気をつけてみると
ウーンと低い唸り音をたてている

ああ　しかし
それよりも　その時
私の目を奪い　胸をドキドキさせたのは
美しく散りばめられた
沢山の星だった

いつもなら家で寝てしまった後のこんな時間
外に立って空を見上げると
こんなにも星が明るく
白く輝いているのか
という驚きのため

私は

そばにいる兄たちや父母のことを
すっかり忘れてしまう程だった

砂

「一握の砂」――
かの歌人の感傷と違って
私の「砂」は
やるかたのない「飢え」を思い知らされた
悲しみの　砂である

しゃがみ込んで　まじまじと見つめる
一帯に広がった　砂
「これが全部
　おいしい　ごはんだったら　いいのに！」
その空しい願望が
思わず

「一握の砂」を口へ運ばせた

誰にみられたわけでもないのに
はじらいの気持ちが
大波のように
胸一杯　寄せて来て
私自身を呑み尽くした

浜辺に近かった生まれ故郷――
五歳で
そこから引き離されたということは
その時のはじらいから
逃れてもよい　ということだった

都会のアスファルトは
確かに

そうした悲しみもはじらいも
見事に封印してくれる
都合のよいものだった

クリスマス

さつまいもを輪切りにして
炭火の火ばちに乗せたフライパンに並べる
何度もひっくり返し
少しずつ黄味を帯び
こげめがついてくる時
箸の先でつついてみる

母は　どこかに出かけて、いない
祖母も珍しく、家にいない

一番上の兄が
小さな私たちのために

このささやかな
クリスマス用のごちそうをつくる

普段なら、おいもといえば
御飯蒸しで蒸すだけの
ありきたりの食べ方しかしないのに
クリスマスだから
こうして薄く切って
フライパンで焼くのだ

ふかしいもとは違った香《こう》ばしい匂いが漂い
私たちは　胸をときめかせて
早く焼けないかな、と待つ

蟻

砂地にギラつくように照りつけていた太陽も
西にかたむいて
裏山の向こうに沈んだ

太陽を追いかけて
兄ちゃんたちは山へ登っていった

小さな私は一人
母も　祖母も　いない家に帰る
裸足の足は砂だらけなので
ひしゃくで水をバケツからすくってかける

もう一度ひしゃくに水を汲んで
ゴクゴクと飲む
使い慣れた
アルマイトの古いひしゃく、木のとって

ふと　ながしに目を落とすと
そこには高窓から射す弱い光りを浴びて
さっき一度戻って口からはき出し捨てた
なめかけの飴が
ぽつんとまだ　そのままあって
蟻が何十匹も黒くたかり
飴の上やまわりにウヨウヨ蠢《うごめ》いていた

肉

竹の皮に
薄くペタリと貼りついた
ほんの少しのひき肉

何もんめいくらという売り方の
最低単位の量を買う金にも足りず
何十円分下さい、といって
母が買ってきた肉

それも珍しい
久しぶりで食べる肉

私はふと　肉のことを考えるのがいやになる
目の前にあって
竹の皮にへばりついたそれを
七人家族皆でおつゆに入れて食べるのが
わかりきったことで
それ以上のことではないから

そして思い出したくなったのは
昼間見た
プールの青い水の輝き

陽をいっぱいにあびて
厚ぼったいゼリーのように
青く黄色くゆらめいていた

皆　泳ぎ終わって出たあとの

兄の中学校で見た
赤土の校庭のプール

私は
祖母に手を引かれて
金網越しに
見ていたのだ

夕立のあと

雨がやんだ
雷もしずまった
まどからのぞいてみると
まわりの景色が
なんとなく
青っぽく見えた

後悔

私はもったいないことをした
母に悪いことをした
どうしてあの日、あの夜
本を買ってしまったのか
それは私がないてせがみ
母がなけなしの金をはたいて
無理に買ってもらったもの
そんな教科書なのに
この本は
転校したために使えなくなった
運が悪かった
でもやさしい母は

このことになんともいわないで
「参考書にしなさい」
と言ってくれた

校庭で

校門のところにある
大きな桜の木に花が咲いて
春風に散り始めた時
私は一回家に帰って
カバンを置いてから
近所のミッチャンたちと
花ビラを拾い集めに行った

おばあちゃんに針に糸を通してもらい
それを持ってゆく
針先で地面に落ちた桜の花びら
一枚一枚を拾い、さしてゆく

糸に
沢山の花びらがたまってゆき
太陽はいつしか
家の屋根の彼方に沈む

景色が急に薄暗くなり始めたのに
気づいて
私たちは
めいめいの集めた花びらの量を
比べながら腰を伸ばす

ふと
学校のすぐ前の呉服屋の二階に目をやる
開け放たれた窓の中
薄暗くなった部屋の中に

今年一年生になったばかりの女の子が
お風呂から出たばかりと見え
素裸で動いているのが見えた

服を着ようともせず
恥ずかしいとも思わず
楽し気に手足を動かして
好き放題に踊っているのだ

学校の帰り道

空はどんよりしているのに
南風がふいている
なんだか気味が悪い陽気に思えた
見知らぬ竹林の奥深くに住む
あの魔法使いのおばあさんの笑い声がして
私を呼んでいるみたい
おうど色に近い緑色の竹林の風――
少し急ぎ足で歩いていると
後からきたおそば屋が私の横を通った
プーンといいにおいがした

冬

しもの色　うすむらさきに見せる陽よ

なれぬ友と帰りてちらりと雪あたる
　なおもだまりつ顔見合わせる

冬の庭しももかわいてげたのあと

カーテンのすきまに見える赤い灯に
　のぞいて人の影も見え
　　一丁先のたき火かな

夕日

遠い向こうのえんとつと
　同じ高さで陽はおちる
どんどんかげり、木は風にゆれ

ゆり

うっそうと茂った緑の庭の
一番隅に、頭でっかちのゆりが咲いた
風も涼しくなった

二章　小姑気質《こじゅうとかたぎ》

序文〈弱い者イジメから強い者イジメへ！〉

「小姑」という字は、正確には
「こじゅうとめ」と読むそうである。
しかし、女だから「め」をつける
というのは気に入らぬ。
一般に言いならわされている
「こじゅうと」でいいじゃないか。
ついでながら「ヨメをめとる」
というのも二十一世紀の小姑には
カチンとくることばである。
「ムコをおとる」という言い方を
つくり、広めるべきか。

昔から小姑は〝ヨメいびり〟を主要な任務とする、男社会の中の家制度を強固に維持するための役割をになってきた。

二十一世紀の小姑の主たる任務は〝ムコいびり〟に象徴的にあらわれるように、資本体制下の消費文明の末端細胞たる核化したものも含む家制度を解体することにある。

十年表彰とはこれいかに

――わたしたちののぞむぅものは
あたえられるぅことではなく
わたしたちののぞむぅものは
うばぁいとることな　の　だ――
（岡林信康）

かつて歓迎会の宴席で言ったっけ
「定年まで働くつもりだからよろしく」と
あれは二十三の年　定年までは四十年――今からざっと十年前
夢も希望も一切持たず
いかに愚劣な社会であっても
我慢しようと覚悟していた

その次の年の春
先輩たちが五人そろって十年勤続
表彰受けるとあいなった――
「表彰に何をさずけようか」
雇い主が聞いてきた
慎み深い者たちは　全職員にも相談した上
「前例にならっていただければ結構」と答えた
金一封いくらいくら下さい、などと
不躾なことはできない

ところで前例は、というと
その二年前に一人あり
十年のごほうびとしては
表彰状にも書かれているが
給料が一段上に昇給をした
だから慎み深い五人にも

当然そうなるはずだった

ところがたずねておきながら雇い主
「今回は一人当り○万円を出すこととする」
と言ってきた
「前例というが
二年前の彼は
十年表彰として昇給したわけじゃない
格差是正の特別昇給」
それは前例者の表彰状に書いてあることくつがえす
見えすいた御都合主義で
白を黒と言い包《くる》めるに等しい愚行だ

一段階昇給ならば　夏冬の
一時金にもひびくので
年間○万円の増収、しかも今後ずっと

一時金なら〇万円といえども
その場限りだ

それで五人の該当者はもとより
相談にのった全職員の間で
カンカンガクガクの議論が沸騰

〝冗談じゃない、何を出そうかと
本人たちの意向きいておきながら
前例どおりと答えりゃ　それはできないなんて
ひどい話だ
全員一段階昇給するまでガンバロー〟

〝そうだ、それまで〇万円も、受け取らないぞ、
受け取りを拒否しよう
表彰とはいえ、これは

れっきとした待遇問題じゃ〟

〝何を言うのよ、はしたない
せっかく下さる貴重なお金
ありがたく受け取るべきだわ！
礼儀知らず！〟

〝二年前、ボクは確かに昇給した
今度の五人が
ボクより低い待遇なのは
いわゆる差別待遇だ
ボクだけいい思いをしたのは
勤務成績が良かったからかしら？――――〈ホホホ！〉
でも黙っていられない
今度の五人もボクと同じに昇給させて〟

〝以前は一人、今度は五人も一緒だから
理事たちも渋ったんじゃないの？
諦めるわ、納得いかないけど〟

〝皆、何をブックサ言ってるの？
私はいただく、ありがたく
とっておきの黒い式服、真珠の飾りで着飾って
賞状と金一封を下さるのだもの
私の親戚の人で小会社経営している人いて
言ってたわよ「うちの社員にゃ
とてもああはしてやれない」って〟

〝私はとにかく受け取ります
受け取らないなんてバカよ
私が受け取る時は、皆見てないで
拍手なんかしないでいいから

部屋を出てって！〃

〃いいや、ワシは受け取らないぞ
全職員が納得するまで
今回ワシらが前例以下の待遇受け入れたら
この次十年になる人はどうなる？
ワシラが悪い例をつくったことになり
後《あと》の人たちを不利にさせることになる〃

〃そうだ　そうだ
私たち後輩のためにも
皆で応援するから　がんばって！
これは五人だけの問題じゃない
全職員の問題だ〃

そこへギターを弾きながら

枯れた吟遊詩人が通りかかった
次のような小唄をくちずさみながら

〝十年表彰とは　これいかに？
雇い主からの恩恵
そして中味を吟味せず
ひたすらありがたく平身低頭しながら
受け取るもの？
雇い主の足元にくちづけして
うやうやしくいただくもの？
いただいたら
一ヶ月間は手をつけず
感謝の気持ちこめて
仏壇に飾っておくもの？

十年表彰とは　これいかに？

賃金と同じようなもの?
労働の対価であり
不当な差別があってはならないもの
我々が権利として奪いとるもの?
受け取ったら
気前良く
職場の仲間たちに
酒でもふるまうもの?

十年表彰とは
与えられるものなのか
ああ
それとも
奪い取るものなのか?〃

文字通り鳴り物入りの

賑やかな五人の表彰だったが
五人の間の足並みそろわず
受け取り拒否をも
がんばり抜けず
雇い主の提案どおりが
施行された

やがて彼らは二十年
そして当時新入りだった私も
中年への入口に立ったところで
十年目を迎えた
今年の相場は
十年前の丁度二倍で◯万円

さて私は考える
このお金を

黙って受け取っていいのか
それとも　も一度
物議をかもすか
けれどもこの十年間に
既に六人もの、つまり殆《ほとん》どの者が
十年表彰をもらってしまった
残るは私と他に二、三人
受け取り拒否をするのも癪だ

ただ賞状やお金などと引きかえに
私は雇い主に確認をしよう

私は表彰をもらうために
この十年働いてきたのではない、と
これからだって
働くために

他の様々な人間としての営みを
犠牲にするつもりはない、と
働き続けることは
その働く場所を
働く者たちの
物心両面の
解放地区とすることなのであって
働く者たちが
人間であることを放棄し
息を殺し　我慢し合う場所ではないのだ、と

十年目だからといって
何か特別なのじゃない
毎日毎日が晴れやかにくらせる
労働条件、労働環境
働く者たちの全生活ののびやかさ

それらを保障することこそが
雇い主よ
あなたが　その社会的立場からして
考え
実行することなのだ、と

その確認書を取り交わすことこそ
真の十年勤続記念
その上で
気の合った連中と
カンパーイと
いきたいものだ

管理職をおりなさいよ

何ですって？
一般職員と一緒に話し合いたい、ですって？
雇われてて　人事権を持っていないから
その権利がある、ですって？
それなら
今まで職権乱用して
皆の話し合いを隠微にコントロールしてきたのは
水に流せ、とでもいうのかしら？

とんでもない！
あんた、管理職手当、もらってるんでしょう
基本給の八％も

私たち平職と一緒に話し合いたいというなら
まずそのお金を返しなさいよ
それとも私たち全員に分けなさいよ

「皆で話し合い」「民主的ルールにのっとり」
「多数決で決めよう」と言いながら
決をとる最後のところで、あんたは
「私は皆と立場が違うから」と言って
決に加わろうとしなかったんじゃありませんか

だから私たちは
管理職抜きの話し合いを持つことにしたんだ

〈ああ　こんな管理職に対しても
平職一同、長い間〝礼儀〟をつくし
共に話し合う仲間と

見なしてきたのだった
自分たちの望むことを
管理職こそ前以て先取りし
思いやり持って実現する役割を
果たしてくれると信じきって
敵にまわすより
仲間である方が
有利だなんて思って〉

ただひとつ、道がある
あんたが真に私たちと
対等に話し合う仲間と
なるためには

管理職という役職を
辞退、返上しなさい

八％の手当も返して
平職におなりなさいよ

もしもその時
雇用主があんたに
弾圧かけたら
その時
私たちは一丸となって
責任持って最後まで
あんたのために闘ってあげますよ
誰ひとり不当解雇させないで
全員平職になるんだわ
勿論、あんた自身が
その気になればだけれどね

え、どうするの？

管理職を　おりるの、おりないの?
さっさとおりなさいよ、管理職なんか

それとも
そんなことひとつ
自分で決められないの?

親睦会をおやめなさいよ

――腐敗した組織の解体の仕方、教えます――

親睦会の旅行に行かないの？
全員参加することになってるのよ
あなたがこの建前に賛同し、選んだ以上
参加するのが筋でしょう？
だから日程決める前にちゃんと
全員の都合の良い日を聞いたんじゃないの
それを
決まったあとで、行かないなんて

え？
はじめから行くつもりはなかった、ですって？
それだったらあなたになんか

都合の良い日をわざわざ聞く必要だって
なかったんじゃない

それに
あなたみたいな人が
全員参加が建前の親睦会にはいっているのも
おかしいじゃないの
おやめなさいよ、構わないから
なに？
〝全員参加が建前だからやめられないんじゃないか〟
ですって？

冗談じゃない
そんなこと
親睦会の規約にだって
書いてないわ

管理職が口癖のように
いつもそう言っているんでしょ？

それがおまじないのように
皆の頭を魔法にかけ
親睦会にはいっていないと
会社が首にでもなるものと、皆
思い込んでいるのだ

だから旅行の企画も
形式上全員の意向を反映させる、なんてやり方で
煙にまいて
そのため
本当は行きたくもないのに
義理で旅行に行く人がいる、何人も

「全員参加」とは
「行きたいものが参加する」ことであり
「行きたくないのに義理で参加する」ことではない
もとより
旅行に行きたいか否かを決める自由は
各人にある
それを
「親睦会は全員参加が建前」
なんて言い方するから
旅行に行きたくない者も
参加しなければいけない、と思ってしまう

つまり、入会しない自由、退会する自由が
全然ないかのような言い方なのだ

そんな自由があるのだよ、と

私が、旅行に
行きたくない者に教えたものだから

その人は
私をいじわると思いながら
親睦会をやめる、と宣言した

一人やめたら
二人、三人と退会を申し出た
私もやめる
「参加したくないのに参加している」連中と
旅行したって面白くない
私は本当に旅行したくて参加しているのだから

かくして
親睦会は脱退者が続々と出

「参加したくないのに参加してきた」
人たちばかり残った
彼らは「民主的ルール」にのっとり
全員一致で親睦会の解散を決めた
先に脱会していった者たちが
あたかも
ルール違反したかのような錯覚で、彼らに
非難と恨みの目を向けながら
〈管理職の魔法が
　未だ解けずに〉
でも内心は
つまらぬ義理の親睦活動から
解放されるの喜んで

一人、心からあわてた人間がいた
口には出さねど管理職

ギリギリ歯ぎしりしてたっけ
彼は
〝全員参加が建前〟という
毒を流した張本人
しかも旅行の時
まともに全員と行動を共に
したことがない

〝礼儀を尽くし〟〝心やさしい〟平職たちに
合意をとりつけ
一人グリーン車に乗ったり
飛行機に乗って
別行動で参加していた

今、レクリエーション手当と休日が
完全に個人給付されるようになった

旅行に行きたければ
本当に行きたい者同士
誘い合って行けばよいのだ

お茶をいれるのは誰?

或る時
Aさんは、ついにたずねた
「私は
お茶当番をやるのがイヤになった
やめたいと思うが
いいでしょうか」
管理職は答えた
「お茶当番は業務ではないのだから
やりたくなければ
やらなくてもいいです」

ただこれだけのこと

全く拍子抜けする
これで
一日ずつ女性の机の上をまわっていた
造花の
赤いバラとはおさらばだ

朝来た時と
午後の三時に
全員そろってお茶飲むことも
なくなった

ところが、おあとがいけなかった
平職同士でカンカンガクガク

〝勤務時間中にやることなんだから
業務でないわけがない

男は力仕事をやる
その代わり
女はお茶当番を
業務としてやってきたはず〟

――女だって力仕事してるぞ、この職場では
――管理職が業務じゃない、って言っているのに
平職の男が業務だからやれ、って言うのは
どういうこと?

〝仕事のつもりでやりなさいよ
私だって長い間
いれてやりたくもない人に対して
〈コンチクショー〉と思いながらも
諦めてお茶いれてきたんだから〟

——冗談じゃない
私は
〈コンチクショー〉と思われながら
他人にお茶をいれてもらうのなんて
おことわりよ
自分でいれるわよ、そんなことなら
茶道はココロが大切なのよ！
——大体、なぜ、女だけが交代でやるの？
男も飲むんだから
全員が当番でやるなら結構

〝あら　いやだ
男の人がお茶いれるなんて
汚らしくて、いやだわ
お茶碗洗うのだって
水かけるだけでしょ〟

——自由意志でお茶当番組合つくり
その人たち同士が互いに
お茶をいれ合ったら、どお？

——第一、飲みたくない人
いれてもすぐに捨てるだけの人だってあるのに
何で全員に
機械的にお茶いれる必要があるの？

——トイレに行くのと同じで
各自飲みたい時だけ飲めばいい
茶碗洗うのも

〝業務じゃないのなら
勤務時間外にやれ〟

——じゃあ、あんたは

トイレに行くのを
業務時間外に、まとめて行けるのか
それとも　トイレ行くのは
業務の一環なのか？

〝私はこれまで
女性の方たちの好意と思って
お茶をいれていただいて
おりました
でも
いれて下さらないなら
それでも結構でございます〟

――結局、テメエラ
他人《ひと》にいれてやるつもりは
毛頭ないが

他人《ひと》にいれてもらいたいと
思っているだけじゃないか！
私だって本音は
そんなところだ

〝あら、わたくしは
お茶当番――お茶をいれたり
お茶碗を洗ったり――は
仕事の息抜きになりますのよ
だからいついつまでも
たとえひとりになっても
毎日やり続けますわ
ごめいわくかと思いますけど
私のまわりの方々には
勝手にいれさせていただきたいと
思います

机に向かってばかりいると
気分転換
できませんもの〟

結局
自主管理とあいなった
各々自分たちの
固有の茶碗を買い込んできて
自分で洗ったりする
女も男も　管理職も

来客には
客を受けた人がお茶をいれる
毎日茶碗をハンドバッグに入れて
持ち運びする人

一週間位机の上に飲みさしのまま放っておく人
桐箱に入れ、その上から
房のついた紐で結び
大切に扱う人

しかしこれでどうやら
波風がおさまるのも
時間の問題となった

残業はおやめなさい

いやに残業ばかりするじゃない？
正月休みも返上したんですって？
おやおや
おでこにコーヤクなんか貼って
変わり者だねえ
また結核にでもなりたいの？
長期間療養休暇とれていいから？
そういえば
前に結核で長く休んだ時
あんたは
簿記と英会話マスターし
その上

運転免許も取ったんですってねえ
それとも、えらくなりたいの？
主任？　　課長？
フッフッ
昼休み位
休みなさいよ

休むと禁断症状でも出るのかしら

おおこわい
働き中毒！

肩書き

名刺、おつくりしておきましたけど
肩書はちょっと変えて
「○○大学教授」ではなく
「○○大学反面教師」って
しておきましたよ
この方がきっと
学生を迷わすことがなく
彼らはかえって
学ぶべきことを
ピリッと学びとってゆくこと
疑いなしですよ

そのことを
名誉にお思いになって

O氏よ

一九八一年四月二十二日

I

昨夜十時のNHK-FMニュースで
ひとつキラリと光っていたことがある
敦賀の原発で放射能漏れがあった
そして作業にあたった原発労働者多数が
放射線被曝した、という報告が流された時
科学者O氏の言が引用された
即ち
「放射線は
　どれだけ以下なら浴びても安全
という基準はない

現在何の症状が出なくても
一度浴びれば
二十年位経てから
ガンを発病することがある」

この端的なことば
よくぞ言ってくれた、O氏よ
放射線に関する簡単なこれだけのことが
短いニュース番組の中で
どれ程人々を啓発し、聞いた者たちは
原発の怖ろしさを知らされたことだろう
わかっていても言わない科学者が多い中で

Ⅱ

O氏よ

もう六年も前になる
あなたが私たちの職場の雇用者として
最高責任者だった時
私たちは労働組合をつくった
それは
一〇〇年の歴史を持つ職場としては
むしろ遅すぎたといえることだ

前近代的な《家庭的な？》秩序によって
成り立ってきた職場が
あちこちにボロを出し
ずさんな労務管理が暴露された
管理職者の「善意」が
いかに働く者たち一人一人の
当然な権利を奪っていたかが
指摘された

しかし直接の
組合がつくられた契機は
O氏よ
あなたが露骨にとった
臨時職員への待遇差別だった

その上あなたは
私たち職員のことを
「彼らは打算的で
組合費さえ出し渋りそうな連中だ
組合なんか
そうそう作れはしませんよ」
と陰口をたたいて
タカをくくってた

Ⅲ

あなた程挑発的な雇用主も珍しかった

そして
諸々の要求つきつけて
組合が初めて
団体交渉開催を求めた時
あなたは誠意ある回答をよこさなかった

それで
職員の過半数占めて意気盛んだった
私たち組合員は
委員長を先頭に立てて
理事会開催の直前に
その会議室になだれ込んだ

〝団交開催要求に応ぜよ〞と主張するため

O氏よ　その時あなたは
カッとなって叫んだ
〝出て行きなさい
ここは理事会の席なのだから
出ていかなければ
君たちは法律で罰せられる！〞
私たちは問うた
〝何の法律、第何条によってか？〞
すると「科学者」あなたは答えた
当然の如く威厳に満ちて
「これから　調べる」と

Ⅳ

実証主義に依拠して
発展してきたはずの科学
それを商売にしているあなたが
このように先に結論を出し
あとから
それを証明するものを
探し出すこともあるのか、と
その時　私たちは
暗たんとした気持ちに
おそわれたものだ
そんなことで
あなた方の商売は
成り立つものなのか、と

V

人は誰でも
混沌を抱えて生きているもの
だから
状況に追いつめられると
主義や理性も効き目を失い
わけのわからない言動に突っ走ることもある

O氏よ
私は、そのような意味で
科学者であるあなたも
常に科学的に思考し行動するわけでなく
極めて人間臭いふるまいを
することもあるのだと、思う

二年前の暮
原子力シンポジウムで
あなたは
主催団体と
それに反対してつぶそうとしたグループとの
両方の重要世話人だった

まるでジキルとハイドのような
そんな役目も
また
あなたらしい
人間的矛盾に満ちた役目だった

Ⅵ

O氏よ

大筋において私は
あなたを信用しようと思う

「原発は危険ではない」
「放射性物質の海洋投棄も
　南太平洋の島々の人々にとって
　危険ではない」
「大地震は必ず予知できる」
など
既に為政者たちによって出された結論のために
あなたが「研究」しているのではない
そのことだけははっきりしているから

ただ願うのは
あなたの中で
「人間的」と称するものが

「科学的」であることと
相対することとしてのみ現れるのでなく
「科学者」であることを
踏まえて越える
高い徳として現れるようになることだ

そのために欠けている勇気とでもいうものは
実は組合をつくった
私たちにも欠けているのだが

男の性のカクメエ

1.
賃上げは女に対してだけ
要求すること
男の賃金は引き下げて
女を養うための金は
保障させないこと

要するに
今、平均して
男の半分の賃金にしかあたらない
女の賃金と、すっかりならして
男と全く同額にすること

その上で
男と女も
労働時間を
今の半分とすること

2．助平ったらしいばかりで
女が
夢や希望の一片たりと
感じることのできないような
男の性の遊びのための文化を
社会的に撤廃すること
飲み屋、トルコ、小説、詩
イラスト、音楽……

3．国内外での買春行為に罰則を

4.
人間としての
自立はばむ
結婚制度を
解体すること

5.
家庭内の肩書を廃すること
父ちゃん、母ちゃん、ヨメ、ムコ
娘、息子、兄妹などと呼び合わず
全て互いに
名前だけで
呼び合うこと

6.
子供をほしくもなく
育てるつもりもないなら
pipe-cut　してから
女とは関係すること

7.
異性に対して
敵視か隷下かという接し方でなく
異なる存在として
その生きる権利を正視し
相応の関わり方を熟慮すること

ムコいびりのうた

1.

ヨメさんが出産する時位
会社を休んで
分娩に立ち合いなさい
陣痛がどんなに長くても
ベッタリそばに寄りそって

あんたの子供が生まれてくるのを
真正面から受けとめて
逃げることなく
ヨメさんと一緒に苦しんでやって

会社人間たちから

どんなに後ろ指さされようと
医者や看護婦、母さんたちに反対されようと
たった一人で出血しながら子供生んだ女を
讃える奴がある――〝カッコエエ〟だなんて
その場に立ち合いたくない男の御都合主義さ

その女は
讃えられて
「ありがとう」とでも返答しただろうか？

2.

惰性で
ヨメさんとつながるだけは
やめといて
dialektische な関係でなくなったら
別れた方が

いいんじゃない？

3．自立してゆけるの？
掃除、洗濯、ごはんづくり
生きる基本は
男も女なみに習得を
でも別れる前に
やることがある
ヨメさんが社会で
独り立ちできるために
就職口をあっせんしてやって
あんたの会社の正社員として
あんたと同じ位の給料もらえて働けるよう
会社とわたり合いなさい

4．あんたの仕事の中味を知らせなさい

ヨメさんに
何をして
お金もらっているか
兵器製造？
原子力発電？
知らせなさい、商社のカラクリを
そして目をそらせないで
あんたの会社が
軍需産業でもうけているという事実から

5.

そして
知らせることができるの？
子供たちに
あんたは結局
戦争準備のための仕事の下働きで
お金を手に入れているということを

子供たちを
やがて
兵隊として送り出す日を
たぐり寄せるために
働いているということを

ふたつの闇のうた

──不動産屋と家主の結託が支える社会の中の差別構造について──

住む部屋を探すために
不動産屋に足を向け
店の人に相談する時
あなたは聞くでしょう

「アパート探してるんですが……」

その時あなたが男だったら
店の人は何と答えますか？
「場所はどの辺で？
家賃はおいくら位のを？」

まあ
そんなところだろう

それでは
あなたが女だったら
店の人は何と答えるか
知っていますか？

「夜ですか、昼ですか」と来たもんだ

男の人でこんな風に聞かれた人
いますか？
一瞬
私は聞き返す
「え？　何ですって？」

「お勤めは……?」と
事務的な応答

ははーん、なるほど
〝働く女たち〟の半数は
いわゆる〝夜の商売〟なんだから
この質問は
当たり前なのかもしれないと
懸命に納得の努力をする

しかし
心の中に
やけどせんばかりの熱い滝が
どっと落ちたぎるのは
こんな時だ

女にとって
住む部屋は二種類ある

大家さんが寛容で干渉せず
男を連れ帰っても　泊まらせても
文句ひとつ言わない所
もうひとつは
男を連れてこないことを
条件とする所
この大家さんは近所の人たちに得意なのだ
「うちに住む人たちは
　みんな堅気で
　昼間働いている人たちばかり」
それで
シンデレラと同じで
夜の十二時帰宅厳守で二重鍵

ちゃんと家賃払ってても
十二時過ぎて帰ると
内から第三の鍵かけられて
自分の部屋にもはいれない

（どちらの大家さんの方が
　実入りが良いのか
　私は知らない）

地域的に見ても
昼の商売の女の住むアパートと
夜の商売の女のそれとでは
区別されている

両者が同じアパートで
壁一重隔てて両隣に住むなんてことは

殆どないように
不動産屋と
大家さんとの配慮で
よくできている

だから
〝働く女たち〟の半数が
夜
飲み屋などで
男たち相手に仕事しているということを
昼働いている女たちも
しっかり頭に入れて
気に留めている者は少ない

それを
不動産屋が

思い起こさせるのだよ

常に一人一人だった女たちの歴史
ほんの少しばかり
女同士が結託するようになった
だが〝働く女たち〟の結託の中に
どれだけの数の
いわゆるホステス業の女たちが
参加しているのだろうか?

昼なお暗い闇にあり
夜さらに深い闇ばかり

「一度
キャバレーとやらに行って
様子を見てきましょうか?」

すると女友達は
声をひそめて答えた
「あら
可哀想だからやめなさいよ
誰だって
同性に見られたいと
思っていないわよ」

このような会話は
男たちが
昨夜足を向けたキャバレーでは
女たちが
どのように〝接客〟し
何人の客に女一人ついて
どのように一斉に
服をぬぎ始め、音楽に合わせて

踊り始めたか　などと
情報交換し続ける限り
続いてゆくのだろう

いつか
来るのだろうか
不動産屋が女客に
「夜か昼か」と
聞かなくなる日が

ハリウッド

拝啓　子持ち女殿
　保育所付き職場、あっせんします
　　　　　　　　　　　　区役所

子供が生まれるので
保育所を探しに
区役所に足を向けた
女友達がある

公立保育所なら
経費も安いし
私立や無認可保育所ほど
子供の扱いが

ずさんではない

けれど公立のものは
圧倒的に数が少ない

生まれるより半年も前から申し込み
生まれて産休が終わっても
すぐにはいれるとは限らない
あきができたら
四月からはいれる

しかも
親たちの収入その他
吟味してからのことだ

区役所の担当職員は言う

「保育所は本来
自治体の仕事ではない
企業の責任で持つべきだ
あなたの働く会社にも
要求してつくらせなさい」

「はあ、保育所持っている会社が
あるんですか？」

「この地区でしたら……そう、ハリウッドなんか
いい例です
あなたも
ここにお勤めになったらいかがですか？
家も近いし
あなたはまだ若いんだし
日給だって、悪くない」

ハリウッド
それは
駅近くの繁華街にある
大きなキャバレーだ

表札

遊びに来た両親が
玄関にはいってくるなり
私に言う
「ばかだねぇ、おまえは
名前なんか、表札に書いて」

「え？　どういうこと？
表札に名前書いちゃあ
いけないの？」

「女だということがわかって
悪い奴に狙われるじゃないの」

私は答える
「だって
あんたたちがつけてくれた名前よ
そんなこと言うんだったら
初めから
紋太郎とか何とか
男の名前をつけてくれれば
よかったんじゃない！

せっかくあんたにつけてもらった名前を
表札にも書けないなんて
あんたに対して失礼に当るじゃないの

何も
やましいことが
あるわけじゃなし

それとも
表札に
女の名前を出しておいたら
強盗にはいられても
仕方がないというの？

私が女だからといって
悪い奴に狙われても
仕方がないとでもいうの？

女だからといって
いつでも
ビクビクしながら暮らせというの？

名前が悪いんでもない

女だから悪いんでもない
強盗が悪いんじゃないの？
ねぇ、そうでしょ？」

今日の組合

男風呂には
裸踊りする女がはいってゆくという
サービスつきのホテルで
学習会を開く

日常化した
長い戒厳令下で人々の生きる
アジアの貧しい国から
出稼ぎに来た女たちのショーを
夜になると見せるホテル
そこで大会を開く

男たちばかり
えらそうな顔して集まり
「なぜ女性組合員は
組合活動に積極的に参加しないか」
論じる

「○回　動員要請しても応じなかった女は
除名しても当然」の声あり

――ウチの女房には働いてもらいたくない
――特に朝から晩まで家あける正社員なんかに
なってもらいたくない

そう思いながら暮らす男たちに
働き続けたい女たちの

組合に託す希望がどんなものなのか
どうやってわかるものか

それらの本音を女たちは
男たちの耳に届かないよう
女性用洗面所やら
お茶碗洗う流し場でだけ
いつも小声で交わしている

明日の組合

負けたことのないおばんたち三人
負けたら
食いっぱぐれるか
夜の街に立つか
赤子をコインロッカーに入れるかといったところだった
だから
絶対に負けられなかった

負けてもヌクヌクと生きてゆけるおじんたちとは
やらずにすめばすませたかったような口論までして
敵対し合った、たった三人、たったの？

しかしそれにグッとグッと輪をかけた数と心意気――
女たち男たちが熱い思いを抱えて集まってきた

〝会長だの社長だの事務局長、部長やら何やら
あんたらもタダの人間として
母親から生まれて育てられてきた〟
それを思い出させたことだった
だからその何やら長の腕にしがみつき産休の有給化要請
満員の通勤電車で大声上げた　ヨヨと泣きつつ大きなおなか
〝今さらおろせとでもいうの？　そんなひどいわあ！〟――

会社員の男女比率は
男女半々なのに
組合員は
女ばかりです
管理職が少なく

しかも欠員出ても
誰か平職から登用されるのではなく
よそから経験者を連れてくるからです
つまり
組合の委員長やれば
出世が保障されるような
どこかの組合とは違って
組合にはいっても
何の楽しみもない
だから男ははいってこないんです

けれどこんな組合こそが
明日を切り拓《ひら》く

処世術《よわたり》

自らと
男の行動の自由を確保するため
受胎したら　人工中絶すること
何度でもすること

この女は
〝蒸発〟して男から離れることで
この処世術の壁を越えた

子供生まれても
金で他人に預け育児をまかせ
自らは

男たちと競争し合って
がむしゃらに働くこと

この女は
〝退職して家庭に帰る〟
ことで結着をつけた

亭主とケンカし続け
離婚でおどし
亭主に出世を諦めさせ
自らも亭主も遅刻、早退して
育児、家事分担を共にすること
ちょっと
未来が拓《ひら》ける

職場で

自らも亭主も雇用主とケンカし続け
育児時間を認めさせ
社会的発言権を
労働通じて守り続け
子供も何とか育て続けること

かなり
未来が拓けてきた
女の処世術
男の処世術

治療時間

イメージばかり
腫れ物のようにふくれあがる
それに湿布を当て冷却させるには
何をすればよいか？

通勤電車の中で
本を読む――
腫れを引かせるための本は
そうそうやたらにあるわけじゃないが
正常な血や肉として治癒させるには
イメージを吸収させるもので

なければならず
この地上を
はるか上方から見渡すものがよい

朝晩それぞれ二時間の
この治療時間は
確かに効き目がある

私の足は
かくして
地上を歩くことができる

小姑バッチャンから桃太郎への
一騎打ち申し入れ状

桃太郎殿
あんたはいかなる理由によって
鬼退治の遠征をしたんか？

〝鬼は悪いもの〟だからか？
では
どんな悪事を働いていたんか？

鬼ヶ島で鬼たちは
自分たちの
平和な暮らしをしていたのと違うか？

それとも　桃太郎殿
鬼たちは
あんたや
あんたのジイチャン　バアチャンたちに
何かおどしでもしたかいな?

桃太郎殿
あんたが鬼征伐に行ったのは
あんたが大きくなって強くなった
ただそれだけの理由で
行っただけみたいじゃんか

鬼たちをあんたは
いったい何匹、退治したんじゃ?
三〇〇万?
え?　殺さずに許してやった?

その代わり
差し出された宝物を
山ほど持って帰っただと？

どちらにせよ
桃太郎殿
それでトノサマとやらに誉められて
満足だというのか？
その手柄を
人々が誉め讃え続けて当然と
いうつもりなんか？

桃太郎殿、よく聞くがよい
あたいが「立ち向かう」鬼は一〇〇〇匹じゃ
だがその鬼は
遠征して「退治する」鬼じゃあない

家の中に、仕事場に
いつでもあたいのとなりに坐っている
また
町の中にも
ウロチョロしておるわい
〈一〇〇〇匹の鬼の親方は
フッフッ
東京のドマンナカのヤカタに
お住まいさ〉

そいつらにあたいは「立ち向かう」
〈「退治する」んと違うんじゃ〉

桃太郎殿
あたい、こと、小姑バッチャンに言わせれば

あんたも
鬼のうちの一匹じゃ

善人面している奴こそダメ人間で
悪いことをしてるものじゃ
自分らの食うキビダンゴさえ
自分で作れず
ジイチャン　バアチャンに作らせたくせに
何が
鬼退治じゃ
ふん！

今や
かつてのあんたの家来だった
サルも
キジも

イヌも
あたいの味方じゃ
動物だって
自分らの人間仲間を
選ぶ権利があるんだと
ドリトル先生から教わってきたと
言っとる

桃太郎殿
あんたをあこがれ、ひいきにする者たちは
今なお　あんたのように
わけもなく鬼ヶ島に遠征しておる
数々の宝物の中には
Ｓｅｘなんてのもあり
そんなのを持ち帰って
得意になってるそうだ

この上更に強くなった者たちは
その強さをためしてみたくてウズウズしておる
鬼征伐に出かけたくて
仕方ないんじゃ

あたいは
あんたに念入れて言っておくが
そういう
あんたの影響下にある
多くの者たちこそ
鬼の正体なんじゃ

もしそのことに心から気付き
宝物を全部鬼ヶ島に返し
三〇〇万の鬼たちのために涙を流し

ホントーの鬼たちに「立ち向かう」ために
あたいに協力しないならば

桃太郎殿
あんたとは
二十一世紀のあけぼのに
一騎打ちすることを
小姑バッチャンは
ここに申し入れる

場所は東京駅から歩いて五分
鬼の親方のヤシキの門前と
しようじゃないか

皆に愛されて
親しまれてきた桃太郎殿

あんたの「栄誉」に対してこそ
小姑バッチャン
あたいは　立ち向かう

小姑バッチャンの夢

山姥《やまんば》になりたい
サルオガセまつわる
野性の高い木々に囲まれて棲《す》む

時に
足を向ける峠の草原《くさはら》では
月夜
ビュービュー吹きまくる風を相手に
唄う

般若《はんにゃ》になりたい
漂う人の世の

かなしみ
とざされたこころ
邪悪なこころ吸い取り

あらゆる人々から
〝仏顔〟し合っていては安堵できぬ魂を横取りし
身代わりとなること

枝ぶり豊かな常緑樹になりたい
コンクリートの愚かさ立ち並ぶ街の片隅に立って
のっぺりとまるい冬の曇り空から
あらゆる予感をたぐり寄せ
かたちある未来を指揮すること

しめくくり

学校を出てからこの十年、私が通過してきたのは、狭い社会である。玉虫色した環境の中で考え、やってきたことだから、何か書いてみたところで他のもっと広い社会に生きる人々にとって、毒にも薬にもならないだろう。

しかし私にとって職場は、学生時代には想ってもみなかった程沢山のことに出会い、考えたり行ったりして得ることのあった、いわば本当の意味での学校のようであった。それで、それらを、今の職場にはいって、半年後に十年を迎える今、ふり返って記録しておきたい気持ちが強くあり、さしあたってこれだけをまとめてみた次第である。

半年後までには、できれば個人的日記や、いくつかの、その時々に書いた文章まで含めた、もっと大がかりな十年史とでもいうものをまとめたい、とも思っている。

全て私にとっては、もともと散文で記録した方が自然な事柄である。今回は無理に詩のように書いてみた。普段私の身近な人たちには、おしゃべりの中で何度も語っているようなことを書き留めた程度のものである。

読者の方々にお願いしたいのは、これらの、私が極めて狭い社会の中で出会い、考えたり感じたりしてきたことが、もっと広い社会に生きる人々にとって、どのようにうつるのか、率直な意見を聞かせてもらいたいことである。

一九八一年五月一日

追記

一九八一・七・中

「小姑気質」は、五月にXerox Copyで五十部作り、顔見知りの方々に読んでいただきました。しかし、その人たちが又私の知らない友人等にあげたり読ませたりしていることもあり、必ずしも私の知人ばかりが読んだわけでもなくなったようです。

とにかくその反応次第でまた増刷するかどうか考えようと思っていたのですが、ここにまた二〇〇部程印刷してみる決心がつきました。

費用は十一月にもらえるはずの十年表彰金〇万円を当てようと思っております。それで原則として無料で配布いたします。

五十部作っての読者の反応は、おおむね「面白い」というものでした。しかし女性読者と男性読者の反応には格段の差があります。女性たちからは内容に対し、圧倒的な共感が示されました。日頃言いたくても言えない状況にある人に代わって〝小姑〟が言い得たのだとしたら、それは大いなる誇りと思います。男性たちは、うつむいてクックッ笑っていたようです。「背中がモゾモゾ痒くなった。できれば触れてもらいたくないようなことに色々触れてる」という正直な感想もいただきました。

今回増刷するに当たっては五月に作った時のものに誤字訂正した他、内容も適宜追加修正してあります。「明日の組合」の前半はすっかり変えました。

感想・ご意見・批判等、お聞かせいただければ幸いです。

一九八一年秋　高畠まり子

三章　反・万世一系

直言　――序文に代えて――

吉田正人

――陛下！　あなた様のお立場を、あまりご明確なものにはなさいますな。あなた様のご意志は、あなた様のお身の上にとって（延《ひ》いては、その尊い御家名に思いを致すわれわれにとって）文字通り不都合なものであり、ややもすれば国民は、それによって自らの眼を開き、あなた様の存在の何たるかを学ぶでしょう。あなた様のお立場の問題は、総て彼ら国民の談ずるがままにさせて置きなさい。《万世一系》の理念とその全構造とを、彼らに把握されてはなりません。あなた様が、努めてご自身の意志のあるところを、公にお示しなさらない……そのことが、陛下！　あなた様のお立場を、ますます堅固なるものにするのです。彼ら国民を相互に対峙させ、彼らが、己れの議論に倦み疲れるまで、不断に争わせて置きなさい。そうして、彼らにも又、あなた様とご同様に、それによって自らの責任を問われることのないように保障してやるのです。けだし、この日の本の国においては、開闢《かいびゃく》以来、無責任は国是でございます。

――彼ら国民をして、《万世一系》の誠の礎を築かせなさい。さよう！　それが、陛下御自らのご意志ではない以上、どちらに転んだにせよ、陛下のお身の上は、ご安泰と申すものでございます。

国民の象徴

あの人をして
〝国民の象徴〟だなんて名付けた奴らは
国民が　全て
あの人のようであると都合がいいと
思ってでもいるのだろうか？――

人に何を聞かれても　訴えられても
これといった自分の意見を述べず
全てを丸くおさめるため
常に「あっそう」とのみ
反応すること

厚顔無恥で
長寿を全うすること

あるいは奴らは
あの人が崇拝されるいわれを
自らの存在基盤として
力強く　支持しているのだろうか？――

分不相応に広い土地を占拠し
自らの労働で得た金でもないのに
時に
「気の毒で、恵まれない人々」に対し
寄附をして
イイ顔をすること

良心の痛みなど感ずることなく　悩むことなく

（これこそ　長寿のひけつ！）
「おめでたい」毎日を送ること

人々に旗を振られ
「万才」の歓声をあびる
これらのいわれこそを
奴らは
〝繁栄〟とか〝善意〟などと称して
末代まで　伝えようというのか？

殺し

「あの人を殺したので
　私はすっかり安心です」
安堵の笑みを浮かべて
そう言い切った　おなごの潔さはどうだ！

彼女にとって
この至福を侵すものは
最早　現実世界に
何ひとつなかった

長い年月の懲罰は
この至福を守る砦でこそあれ

決して　破壊するものではなかった

このおなごの確かさだ
我々が希求するのは

再び、殺し

殺しを合法化し
殺人者を讃え　祀る

殺人者の家族に生活保障し
殺しの思想を
何よりも優先して子供らに教える

大がかりな金が投入され
金で支えられる文化が
「殺し」だの
「殺人者」といった
不穏当な言葉を　ヴェールにくるんでゆく

大がかりな装置だ

人みな　あいそのいい顔つきとことばを持ち
「いのちを大切に」を合言葉にする
狐に化かされたことば――

「すぐれた」
「能力ある者」――
世界中を跋扈《ばっこ》している
こいつら

卑しい生

腹の中にいる頃
親たちは
何度となく迷ったものだった
「生むか」
「おろすか」
「おろせ！」
「生む！」と

又　別の日に
「生まない方が良い」
「おろすのは嫌」
などと

だから子供は
本質的に孤児として生まれた
「血縁」など
生の営みにとって
何ほどの意味もなく

「親たちの不安」こそ
子供の生の実態だった
叫びたいことばは唯ひとつ
――反・万世一系！

初夏

いちごの香りは
宵の口
庭から
縁先を　とおって
よどんだ室内を
浄化してゆく

近所の誰かの離縁話に
手を貸しに出かけて不在の
母が　かもし出した
不明瞭な不安を

いちごの香りが
取り去ってゆく

語彙

「平等」――
この　美しい言葉を口にする者は
誰でも知っているだろう
この　言葉の真実が
「画一性」には　ないことを

「愛」――
この　美しい言葉を口にする者は
一度は思ってみただろうか
「血縁」と、いかなる関係も
持たないのだということを

「差別」――
この　粉砕すべき事柄が
多くは
人々の善意によって成り立っていることを
「善良なる人々」は
果して　知っているのだろうか？

死の真実

血液が凝固しないという
稀有な病気の為
長い病院生活を送っている少年があった

少年の母親は
毎日病院へ通い
時には夜っぴて看病に明けた

しかし　世間に向けては
息子は　ゼンソクで入院中だと
言い通していた
少年の姉の縁談に

傷つかぬようにとの計らいで

弟が
遺伝性の疑いのある病気だということが
知れ渡ったら
娘は　良縁に恵まれないだろう
というのだ

少年は　もとより
そのような計らいを
他ならぬ母親がしているなどと
思いもつかない
優しい母性愛に満ちた毎日の見舞いに
どうして疑問を持つ余地があろうか？

だが

その優しいふるまいをする母親こそが
少年の
あるがままを受け入れることを
拒否している当人だったのだ

あるがままの病態を
すなわち
息子の存在そのものを
そっくりそのまま受け入れ愛することを
母親は　しないのだった

それは
心の内で　母親は
既に
目前に横たわり
一人孤独に己れの病いと闘っている息子を見捨て

殺しているに等しかった

少年は
母親の　手厚い見舞いに答えんとして
どんなに病いと闘ったことか！――

しかし
病気によって　人一倍鋭敏になった
少年の第六感は
遠からず　悟るに至ったことだろう

――自分は　結局
　死ぬことによってしか　救われない――と

その時
闘いの疲労は

突然虚無へと変わり
ひとつの確信が　心をとらえて離さない
――最早病気と闘わないことこそが
母親の厚情に答えることであり
母親と　姉をも
また　他の親族一切をも
一刻も早く
世間とのいつわりの関係から解き放ち
同時に自らをも
安楽な世界へと
昇華せしめるのだということを――

それは　病いに敗けたのではない
思想闘争に敗れたのだ
「母性愛」という
暖かい笑顔に装われた

蛇のように邪悪な思想に

ああ
私の涙が「死」に注がれるのは
このような
邪悪な思想で殺された
犠牲者の「死」の上にだけだ

そしてまたこうした死の真実が
世間的な「葬式」というセレモニーによって
永遠に隠ぺいされてしまう時に、だ

悲しみよりも　怒りの涙が

厄除け

厄除けに
「長い物」が効くという
神社があるそうな

帯とかベルト、或いはネクタイ、と
何でも長い物を持ってゆき
何がしかのお金を払うと
神主さんが
それらに　おまじないを　かけてくれる

厄年を迎えた〝善男善女〟らは
それら、まじないのかけられた「長い物」を

成人式に晴れ着を着るような気持で
身につける

――「長い物」に巻かれていれば
災厄をこうむらないで済むなんて
全くもって有難い　御託宣だこと！――

霊験あらたかなるこの神社に
まじない料をはずむため
サラ金ローンを利用する
奇特な氏子も　あるそうな

シアワセ？　それともフシアワセ？
―まとまらない長談義―

Ⅰ

「里親制度」と聞いて
あなたはまず
何を思う？

〝気の毒な子供をシアワセにする〟
〝追いつめられた母親を解放する
――女の自由を保障する――〟
つまり　イイコト？

だが
制度が全てそうなるように
里親制度が
〝気の毒な子供〟を再生産し
〝追いつめられた母親〟を
再生産していく社会構造を許し
その構造を
享楽と支配を追求する
少数の貪欲な奴らが牛耳っているとしたら
どうか？

汚水が
絶え間なく下水溝に吐き出されるように
〝里子〟と呼ばれて
子供たちは　次々と
ひとつの社会機構から吐き捨てられ

他の社会へと移されていくことになるだろう

それでもなおかつ　あなたは　それを
母親と子供にとっての
ひとつのシアワセの在り方だと
呼ぶのだろうか？

Ⅱ

今　世界には　存在しないだろう
「差別」のない国なんぞ
だが
「差別」の由縁を自ら知り
告発できるなら　まだましだ
そもそも　自分が
何ゆえに人々の無言の眼差しに

虐げられるのかを知ることさえできぬとしたら
それ程救われないことはない

待てど暮らせど里子はこない
登録し待っているのに
望みの東洋人の血の混じった子供は――
そんなにまでして里親を名のり出る人々の多い
アメリカとはいったいどんな国か?
ヨーロッパ先進諸国とは
どんな国か?

引き取る子供が、皆、異なった民族で
それが御自慢
一人ふえるたびに
これまた御自慢
信仰厚いクリスチャンならではの善行

――この美談は　村中に響いている

だがそれも
子供が小さな頃だけの話
自らへの疑問の芽が　やがて
社会での人々の眼によって伸ばされ
人格に影を落とす

自分はいったい
どこで　誰によって
どのように　生まされてきたのだろう?――と

多くの人が美談として語る事柄が
たまらなくうとましく
養父母の〝親切〟が
全て憎悪の種になる

identityなきシアワセとは
いったい誰がデッチ上げた代物だ?

Ⅲ

「差別」のない国のないこの世界で
その自らにふりかかる「差別」を
直視し、差別される由縁を考えられ
考える友を身近に持って
共に闘ってゆく以外に
どんなシアワセがあろうか?
デッチ上げられた蜃気楼の如きものは
信じてはならない

だから

善人多き　欧米諸国の方々よ
あなた方も
余計なお世話などしない方がよい

地の果ての如くはるかな東洋の
〝気の毒な子供たち〟を救おうなどとは
考えないことだ

あなた方は
あなた方の国の中で
目の前の差別と闘うことだ
あなた自身の考えを
どこまでも　つきつめてみることだ

里子に出さざるをえなくなった
東洋の小国の母親たちは

厳しい抑圧機構の中で
自分たちと
自分たちの子供たちに
真に誇りを持って生きていかれるようになるまで
厳しい闘いをになっていってほしい

Ⅳ

だが
東洋の小国でもなく
欧米諸国でもない日本――
この国と
この国民は
ただ犬の遠吠えの如く言い放題言い放って
この事態を眺めていて
よいのだろうか？

安全に守られた親子（?）
設備と体系の整った学校（?）
それに数部屋のある家の中で（?）
あらゆる便利さをむさぼっている（?）

この状況に浸っている限り
本当は
他国の人々に向かって
いったい何を
言う資格があろうか?

自らのフコウに気づかずして
何故
他人のフコウが見えてこようか?

手を汚さぬ善人面とは
全くこのことだ！

自らのフコウ——
ああ、それは日本人が自らを
誰よりも善人だと思い込んでいることだ
また　シアワセだと思い込んでいることだ
韓国に台湾にフィリピンに行き
買春行為をする男たちの言い草——
「向うの貧しい女たちを救うためだ」——

この善人面を一個一個　ハリ飛ばしていくのが
当面のこの国における
国民の課題だ

とまどいの彼方に

人口抑制政策を推進している国では
女たちは
卵巣摘出の手術やら
子供ふえる毎の減給などの不幸を
こうむっている

産まない自由のない国では
国策としての売春の結果
生まれた子供らは
やむをえず「孤児」に
させられてゆく

まがりなりにも
人工中絶の許されている国では
これを不許可にしようという動きがあって
女たちは〝産まない自由〟を叫び闘う

直面する課題の個別性に
女たちは　とまどう必要はない

その向うには普遍的な課題がある
男と女はどのように関わり合うべきか
という課題が

結婚は聖職《おしごと》か、はたまたrecreationか

「万世一系」思想によれば
結婚は聖職と見なされています
この場合
男と女の間には
「愛」なんてなくても十分果たされるのです
その代わり
「家柄」と「お金」と「世間体《せけんてい》」が
絶対に必要です。
「媒酌人」も勿論、一組なければなりません

神式なり　教会なり　仏式なり
どれでも選ぶことができます

(それは　葬式の場合と同じことです
葬儀屋さんが尤もらしい顔つきで「何になさいますか?」と聞く如く、結婚式屋さんは尋ねるのです、「何になさいますか?」と——結婚する「お客様」に)
神主なり、牧師又は神父なり　お坊さんの前では
結婚する当人二人はもとより
誰であれ招かれた者は神妙な顔つきをしなければならない点、皆同じです

例えば神式であれば
神主の前に立って
アルバイトの巫女《みこ》によって　つがれた安物の酒を
持ってまわったやり方で　すすり
つがれては　またすすり
そうして　同じように
居並ぶ　親族一同もまた
つがれるままにすすります
この時ほど

堅い空気が支配することは　ありません
アルバイトの巫女にとっては
なおさら窮屈なことですから
この一場から逃れると
衣装を着替える暇も与えず
控え室にかけ込むなり
そこに置いてあった読みかけのマンガ雑誌を
ムンズとつかみ取るや
休憩室へと小走りに走ってゆくのであります
これらは
聖職を始める前の
極めて重要な儀式《セレモニー》です

さて
聖職のために与えられる特権には
どんなものがあるでしょう?

まず
「万世一系」思想の支持者たちから
（普段は何のつき合いもないにも拘らず）
〝血縁〟やら　何やらを口実にして
お金やら贈り物が届けられます
その上
奉行先からは
「特別休暇」なるものも与えられるので
たいていの男女は
聖職初めの小手調べをしに
どこかそれらしい旅先へと出かけます
それは
たとい　いただいた休暇が
五日位であったとしても
ひたすら　ありがたく　ちょうだいするべきであって
決して

「もっとよこせ」などという筋合いのものではありません
一種の出張のようなもので
明らかに　ひとつの目的を
遂行するための旅なのです

聖職《おしごと》は何でも疲れるのが当り前
苦しい　つまらないものでこそあれ
決して楽しいものではありません
勿論　この場合だってそうです
けれど「万世一系」思想は
正直に「苦しく　つまらないもの」と
当事者たちが公言することを
タブーとします
当事者たちも　支持者たちも
必ず　この聖職を
「幸福《しあわせ》」などと

呼ぶことにしています

聖職の出張から　二人は
大量のおみやげを持ち帰ってきます
（かつては　その中の
　最重要なるものは
　「血染めの手拭い」だったとか）
「万世一系」思想の支持者たちは
それを
首長くして待っているのです
おみやげの量たるや
驚くべきもので
出張の第一の目的が
果して　交尾にあったのか
買物にあったのか
ちょっと　わからないほどです

しかし　これらの買物は
「万世一系」思想にとって
不可欠のものでもあるようです

この出張のための「特別休暇」は
たとい
日曜日や国の祝日と称する休日にかかっていても
やはり五日なら五日分として
「特別休暇」の一部と見なされるので
二人は　この休暇を下さった奉行先に
平身低頭して
感謝しなければなりません

さて
「万世一系」の聖職は
出張で終わるわけではありません

正に　このあとからこそ
正式にはスタートし
蜿蜒《えんえん》と続いてゆくのです

いわば
交尾という「夜のお仕事」を中心課題として
その結果生じる子供たちの育児・教育の全てが
この思想を遂行する
具体的な営為と　見なされるのです

聖職《おしごと》が聖職《おしごと》である以上
楽しいわけが　ありません
前にも述べたとおり
苦しく　つらいことのみ多いものです
「結婚」に「夢」を見ていた者は
男も女も

馬鹿を見るだけです

なぜなら男は
奉行先から
「特別休暇」とか
祝い金やら
扶養手当という名目のお金と引き換えに
これまで以上に
コキ使われるようになるからです
「家のことは　女房にまかせとけ」などと
怒鳴られつつ

そして女は女で
正に「家のことで」
キリキリ舞いをすることになります
——〝わが家こそ一番〟などということばを

口ぐせにしつつ――
食事の準備、後片付、掃除、洗濯……
近所の人々の、あるいは姑・小姑たちの目を
気にしつつの一挙一動
――その、砂をかむような毎日こそ
　聖職《おしごと》の聖職《おしごと》たる由縁ではありませんか！――
「万世一系」の思想の前には
ただ頭を下げて服従すると
かの儀式《セレモニー》の時　誓ったのですから
ちょっとやそっとでは
それを侵すことはできません
せめて交尾なぞに楽しみを見出そうと
男も女も　もがき焦りますが
所詮聖職《おしごと》、何の面白かろうはずが
ありましょう？
「眠り」の方が

余程価値あることに思えてくるに
決まっています
男はやがて
聖職《おしごと》ではなく　お遊びとして
「面白い所」へ
足を運んでゆくことになり
女もまたそれを止めるどころか
聖職を聖なるものと　とどめるために
男の所業を黙認するのです
「面白い所」での女たちなんか
どうせ　クズのようなあばずれで
軽蔑に値いするだけだわサ
などとタカをくくって
——本質的に　女たちのみじめさなんて
　どこに違いがあるものか？——
ところで皆さん

聖職の目的を
再び思い起こしてみましょう
――家・財産の私有を守り続けることなのですよ
そのためには
男も
女も
人間であることを　かなりの部分放棄し
「なすべきこととなっている」事柄を
無批判に
また　享楽することもなく
遂行していくのです

しかし
家・財産を持たない者にとっては
どうでしょう?
守るべきものを持たない者にとっては

結婚が
聖職などであるワケはありません
明らかにrecreationであり
「面白い所」そのものなのです

当節、猫も杓子も、聖職風の形式を整え
結婚する風潮がありますが
笑止千万です
電車の中に貼りめぐらされた
宣伝ポスターをごらんなさい
一車両に
何と二十枚もの式場案内！
「シアワセ」を売り物にする
花嫁姿の写真は
そんなにも
家・財産なき民草の

上方志向を
くすぐるものなのでしょうか?

(同じく車中広告に
最近　とみにふえてきた
墓所案内は　いかが?――
野たれ死にしたくない方のために!
あなたの屍が子々孫々によって
祀られ続けられるために!)

ああ　子々孫々になど祀られたくない
我ら民草(ましてや〝お国〟によってなど!)

父親の育児権

飼い慣らされた男の中には
女に離婚され
家を出て行かれると
何ともかんとも　生きる方法を見出せず
残された子供を道連れに
あっさり　この世に　おさらばをする者がある

だが
人生を楽しむことのできる
独創的な男は
そうした局面においても
少しもたじろがず

母親不用の育児権を
ここぞとばかり発揮する

男は
いつのまにか母親のような声音になって
毎朝　子供に呼びかける
「○○夫！　また忘れたね！
ダメ！　学校に行く前に
必ずしていくと約束したでしょ！」
「いやだなあ」——顔をしかめて息子は嫌がる
「ほら、ここに！　わかってるでしょ？」
父親は　切なそうに息子を見つめ、自分の
片頬を指さす
息子は
その目つきに弱いのだ
いやいやながらも

父親の立っている玄関口まで戻って来
背のびして　父親の頬にチューをする

この時だ！
父親の顔が
一日のうちで最も満足気な笑いに輝くのは

この男の日頃の奮闘ぶりを知る者は
誰しも既成概念を変えるだろう
日曜日、物干竿いっぱいにかけられた
父子《おやこ》の洗濯物を見るがいい！
朝食の支度、
夕食の支度、決しておろそかではない

たまに残業で　早く帰れない時には
会社から　家の近所の食堂に電話し

息子のために店屋物を注文してやる
自らの選んだ道に責任を持つとは
こうしたことである

あとがき

数ヶ月間、頭の中で熱《あた》ためていたのがこれだけの結果になった。

何か今ひとつ煮つまり切っていないような思いもするが、いたしかたない。

そもそも「万世一系」など、議論にのせにくい代物であり、この国の多くの人々にとっては「生命の尊厳」を、或いは「平和思想」を意味する代物である。「議論」より「営為」の在り方の問題である。

それをマナイタにのせるからには、どうして小姑根性を発揮しないでいられよう？

この春、私たちの職場では、組合の春闘要求の中に、ひとつ「結婚休暇　六日　は分離して取れるよう、現行の但し書きである〈通算取得規定〉をはずせ」というのを立てた。

つまり完全週休二日となった八年前から「結婚休暇・六日・通算取得」は死文となり、通算で取れば、どうしても最高五日しか実質的には結婚休暇として取れないことになり、「六日」が生きてこない。分離取得を認め、実質六日を保障しろ、という内容の要求だった。

これが、意外に難航し、その間組合内部や職員の間、更には理事との団交時になされた議論が「反・万世一系」の起爆剤となった。

結果は、どうにかこうにか組合の要求どおりとなったが、この一日の休暇に固執することは、公務員を初めとする多くの労働者が「行革」の名のもとに、次々と労働条件を削られていく中で、極めて意味のあることであった。

こうした一見些細な闘いの勝利からも何事かを学ぶ姿勢を取る時、初めて、その先にある闘いの在り方も展望も見えてこよう、というものではないだろうか?

冒頭の「直言」は、小姑連盟に投降した某詩人*からいただいた。

以上

recreationの在り方は、各人が好みに応じて選ぶ権利がある。結婚がrecreationである以上、「結婚休暇」は廃止して独り者にも同性愛者にも、一律に六日の休暇を給付すべきである。この闘いに取り組まない限り、労働者に真の解放はないだろう。

一九八三年十月一日

* 〔二〇二三年版の脚注〕某詩人＝吉田正人

第Ⅱ部　エッセイ・作品集

一章　エッセイ

一九七四年十一月二十八日（木）

数日間よく晴れた暖かい日が続いている。Officeの窓のすぐ向うに、隣りの寺院の境内のイチョウが数本、見事な黄金色に色付いている。もうそろそろ散り始めるだろうが、散り始める直前の、本当に〝熟れた〟感じのする印象深い色だ。私はイチョウの色がこのように色付くのを見ると、一九六三年の十一月二十四日頃を思い出す。高校の屋上から見えるバス通りに、別の季節には気がつかなかったイチョウ並木があったのが、その色付きによって初めて認識されたのだ。そんなに広くないバス通りが、両側に金色に膨張した印象で立ち並ぶイチョウによって、さらに狭く見える。休み時間に屋上へ上ってそれを見下ろした時のことを私は毎年思い出す。その前の日の晩にテレビで初の宇宙中継が行なわれ、その時、かの歴史的事件、ケネディ米大統領の暗殺、が伝えられたのだった。屋上に私が、いつも私と行動を共にしていた友人と一緒に行ってみると、コンクリートの出っぱりに腰をおろし、ひざの上に組んだ腕に頭を伏せている級友がいた。私たち二人が声をかけてみると、彼女は頭をあげて語るのだった。「ケネディが日本に来たら羽田まで迎えに行こうと思っていたのに……」

それまで私は、イチョウが何月に黄葉するのか、はっきりと認識したことはなかった。しかし十一月の二十三〜二十四日なのだ、ということをその年、一九六三年以後は忘れないようになった。けやきなどはもっと早い。イチョウは落葉樹の中で最後に黄葉し、散ってゆく木のようだ、ということを最近知った。イチョウがすっかり丸坊主になるまで、あと二週間位はかかるだろう。そして散り終ると本格的な冬になるはずだ。十二月一杯はそれでもそんなに寒くない、一〜二月が最も寒い月だ、などということを最近、まるで珍しいことのように認識している。

昨日はリンゴ問題の総括で終わってしまったが、実はその他に、昨夜帰りがけに寄った、六本木の叔母の家で、叔母に聞いた米子のはなしを、メモしておきたかったのだ。なぜ私が米子で生まれたのか、なぜ一族があのような辺境に住んでいたのか、という問いに対して、最も確かな回答を与えてくれたのだった。話の内容は大体次のようだった。

最初に米子へ行く契機を持ったのは、前に姉が教えてくれた祖父母ではなく、この叔母たちの家族だったのだ。奉天にいる時伯父が熱病にかかり、近所の人に相談したら米子を紹介してくれた人がおり、米子の四軒屋に住むMさん宅に寄せてもらって一ヶ月程、皆生《かいけ》の温泉で療養した。そして一旦奉天に帰った後、敗戦間近い頃、伯父の仕事の都合で大阪に戻って来た。ところが食糧事情が悪く、四人の子供をかかえ、配給米だけではとても足りず、生活が苦しかった。それでふと思い出して、前に寄寓させてもらった米子のMさんに手紙を書いた。「米子の様子はどうだろうか。ここ大阪ではとても生活してゆけない」と。すると返事が来て、米子は大阪よりはましらしい。田舎なので米や野菜は手にはいり易いので米子まで来るがいい、とのこと。住む所も提供してくれるとのことだった。ところが家財道具を全部鉄道便で送り出してしまった後から再び手紙が来て、叔母たちに貸すはずだった住居に、別のもっと身近な人たちが疎開してきて住みついてしまったため、住む所がなくなってしまった、という。しかし荷物を送り出してしまった後なので、ともかく米子まで行こう、ということで行った。Mさんに相談を持ちかけたら、養蚕場を何とか工面してあけてくれ、そこに住むことになった。そのころ祖父母（叔母や私の父の両親）は東京の滝野川に住んでいたのだが、空襲が激しくなってきたので叔母は手紙を出して米子に呼び寄せることにした。その時、父の姉にあたるもう一人の伯母は、一緒に来たらどうか、と聞かれたのに対し、米子へ行くのを嫌がったという。「あんな所へ行って何するのよ？　私は空襲にあって死んでもいいから東京を離れたくない」などと言ったらしいのだ。

ともかく祖父母が米子に来ることになったので、Mさんに頼んで階下も貸してもらうことになった。階下に祖父母が住み、上の養蚕場に叔母たちの家族が住んだ。しかし貸してはくれたもののMさんはあまり良い顔をせず、そこの知り合いである、四軒屋からはちょっと離れた所にあるAさんを紹介してくれ、祖父母たちはそっちに身を寄せさせてもらったらいい、ということになり、祖父母たちだけそっちに移った。歩いて十五分位離れた所だったらしい。しょっちゅう往き来していたが或る時、祖母が、祖母の（姉妹の間にあって）一人息子である私の父から「天津から引き揚げてくる」という手紙が来た、といって大喜びで叔母の所にやってきた。敗戦と殆ど同時に、私の父母は、北京で生まれ育った兄たち二人と天津で生まれやっと一ヶ月になったかならないかの栄養失調で小さな姉を引き連れて舞鶴港*から〝内地〟に戻ってきたのだった。そして祖父母のいるA家に身を寄せた。

そんな具合にして私はそのA家で、その三年後に生まれている。私の生まれる前年の夏に、祖父が七十二歳で亡くなっている。

私たちが市営住宅に移り住んだのは、私が一歳か二歳の時だろう。

一方で叔母たちの家族はどうしていたかというと、養蚕場をあけてほしい、と家主のMorioさんに言われるので困っていたが、叔母がそのことを近くの下駄屋さんにボソボソと話し、どこか住むところはないだろうか、と相談してみると、その下駄屋がまた調子よく、「それじゃあ私の所が今改築中だからいらっしゃい」という返事。それでその下駄屋に間借りすることになった。ところが家賃がはいることを知った下駄屋は、狭い所にいくつも掘っ立て小屋を立てたりなんかして、住む所に困っている人たちをどんどん収容し始め、ついには三十世帯もが雑居するようになった。一世帯一部屋位の貧民窟で、どん底の人たちばかりだった。普通その頃の隣組といえば何軒かがまとまってできるのだったが、その家は間借人ばかりで三十世帯もあるので一軒の家で隣組が一組できてしまった程だった。その後そこを出て、海に近い灘町に移り住んだわけだが、灘町に住んでいる時は、私も祖母に連れられてよく遊びに行ったのを覚えている。私たちが住んでいた車尾《くずも》の市営住宅からはかなり離れており、歩いたとしたら相当の距離だ。バスに乗っていったのだろうか？　叔母の家の近くには海辺に沿って作られた錦公園という公園があり、祖母に見守られながら私は姉とシーソーで遊んだ覚えがある。

私たちは、私が五歳の夏、米子を去って東京へ戻る。叔母たちの家族は私が生まれた同じ年の夏に五人目の子供が生まれ、そして私たちより更に八年間長く米子にとどまった。

私たちが東京に戻ることになったのは、主に母が、米子の地元の人たちとうまくやってゆけず、そうした田舎を嫌って東京へ戻ることを強く主張したためと思われるが、私たちが上京した時、実はちゃんとした住居があるわけではなかったのだ。母だけ嬉々として

「戻ってきた」のだろうが、私たち子供にとっては住み慣れたふるさとを離れることに他ならなかった。私たち一家七人は、トンネルのように暗い廊下のあるアパートの三畳と四畳半に住むことになった。ずっと東京に居つづけたもう一人の伯母のすみかにころがり込んだのだった。

東京に来てすぐ、兄たちは作文で、米子から東京に来るまでの間の汽車の中での様子、車窓の風景などを書き綴り、思い出多かった米子との別れをしみじみと込めたものに仕上げたのだが、私はその作文をとても好きだった。生まれて初めての長旅は、その作文の中で、私が実感したもの以上にしみじみとしたものを感じさせたような気がした。

米子を昼頃に出て、当時の急行列車は翌朝東京に着いたのだから、十八時間かかったわけだ。中野のボロアパートに着いて初めて感じたのは、住人が共同で使う水洗便所の異様な臭いだった。

＊下の兄の記憶では佐世保港であり、時期も敗戦の決まった一九四五年ではなく一九四六年のことだったらしい。

子供の頃

私は一九四八年一月二十八日に鳥取県米子市で生まれた。

五歳の夏、東京に出てくるまでの五年半は、ずい分と長い時間であったように思われる。両親と祖母、それに八つと六つそれぞれ年長の兄二人に二つ半年長の姉に私、この七人が私の子供時代の家族構成である。

米子での生活はひとつの隔離された、夢のような世界に思われる。今や既に事実だったのか人から聞いて想像したものなのか区別できないことどもがぎっしりと私の胸の中に詰まっている。

私はおばあちゃん子だったが、この一緒に住んでいた祖母は、父の母である。もう一人、母の母もいた。米子では、私たちの住む家からは大分離れた勝田神社の真前にある写真屋〝みのり〟に住んでいた。どういうつながりでそこにいたのかは知らないが、それで皆は「写真ばあちゃん」と呼んでいた。私たちとは密接なつながりがなかったように思う。事実は、このおばあちゃんの存命時期が、私の記憶以前のことだったのだ。

その「写真ばあちゃん」が死んだ時、私は棺に入れられた姿を見たことを憶えている。頭のそばにお菓子の最中がひとつ置かれていた。姉と二人でそれに気がついた。姉が私に聞いた。「まりちゃんは、死んで最中もらえるのと、生きてるのと、どっちがいい？」

それは一九五〇年のことである。私はあの時二歳だったのだ、ということを、ずっと後になって知った。

その頃私はトイレに行く時、一人で行ったが、用を足し終えると大声で「カミー」と叫ぶのだった。すると祖母が来て拭いてくれた。おしっこの時はトイレではなくたいていの場合、外に出て台所の裏でしていた。或る明るく晴れた日、私はいつものようにおしっこをしに外に出た。すると隣りのNさんのおばさんが庭先に出ていて「お菓子をあげるからいらっしゃい」と声をかけた。私は恥しくなって何も言わずに家の中に戻ってしまった。

私は祖母に手を引かれてあちこち散歩した。米川《よねがわ》の土手と水門。レンゲ畑の広がる風景。天気の良い日は大山《だいせん》が見え、その麓にあたるところに煙をモクモク出している煙突の何本も立つニッパ（日本パルプ）があった。また駅の近くの商店街旭町。漁港に近い灘町に住んでいた親戚のK一家。赤土のグランドの中学校。兄たちの通っていた小学校。小学校に隣接してカトリック教会があり、幼稚園があったが、私は行かせてもらえなかった。家にお金がなかったからだ。姉にいつもくっついて一緒に遊んでいた他は近所の一つ二つ年上の子供たちが遊び友達だった。N家の末っ娘トモちゃんは私より一つ年上だったがこの子と、二つ年上の男の子サラマンを両脇に坐らせ、一番小さい私が二人に本を読んできかせたりしていた、と後年母が言う。

或る明るく静かな日、私は窓の敷居に腰かけ、木の丸い椅子を前に置いてそれを台とし、色紙をハサミで切って楽しんでいた。一人で自分の好きな、思うままの形に切ってゆくのが面白かったのだ。そこにトモちゃんが遊びに来た。「外に行こうよ」。私は首を横に振った。「ねえ、行こうよー」トモちゃんは何度も私を誘った。それでも相変わらず自分のやりたいことをやり続けている私に、トモちゃんはついにいら立ってきて、私が切って椅子の上に置いてゆく色紙を、次から次へと畳の上に落し始めるのだった。今度は私が声を上げた。「ヤダー」。そして相手が落した自分の「宝物」を拾い上げる。しかし拾い上げるそばからトモちゃんはまたすぐに落す。この繰り返しが幾度となく続いた。私は右手に持っていたハサミを、腕を伸ばしてグッとトモちゃんの顔の前へと突き出した。ハサミの先がトモちゃんの眼に当たった。途端にトモちゃんは大声を上げて泣き始め、背中を向けて自分の家へと走り帰って行った。母が驚いて私のところへ飛んできた。私も大声で泣き始めた。しばらくして祖母がやってきて私を慰めにかかった。後で聞かされたことは、ハサミは目玉に突きささったわけではなく、目の非常に近くの皮膚にあたり、血を出したということだった。

その後長い間私はトモちゃんと遊ばなかったように思う。数ヶ月間だったのだろうか？久しぶりに会った時、トモちゃんは私と手をつないで、長い間家の近くを散歩して歩きながら一人で色々なことを話していた。私は、あの時トモちゃんがいったい何を長々としゃべくっていたのだろうか、と今でも思うことがある。

家族中でハイキングに行くこともあった。ハゲ山ではドングリを沢山拾い、日野川の鉄橋を河原から見上げた。そこを汽車が轟音をたてて走ってゆくのを見た。「あれに乗ってゆくと東京に行かれるんだよ」母が言った。母は東京に戻りたくて仕方がなかったのだ。戦争中父の仕事で（或る建設会社の社員として）北京へ行っており、兄たちも姉も生まれた。そして敗戦で引き揚げて来る時、たまたま米子に仮住まいしていた祖父母を頼って、米子へ住むことになったので、母にしてみればいずれ東京へ戻るべきものと思い込んでいるのだった。私は間借りしていた農家の家で生まれ、その後市営住宅に移った。私の記憶は全てこの、三部屋と台所、風呂場から成る車尾《くずも》の市営住宅でのことである。

私たちの生活は豊かな自然と身近に結びついており、四季折々、楽しみがあったように思う。兄や姉たちについて裏山に登りそこから見下ろして母が見えた時、私は「スージー」と大声で呼んだ。冬は雪が多かった。大きなつららが軒先に下がっているのを私はトモちゃんと一緒に見上げていたが、郵便配達の人が来てそれをポキリと折って持っていってしまった。兄たちはみかん箱でソリを作り、中に毛布や座ぶとんを入れて私を乗せてくれた。

家の庭に母は様々な植物を植え、季節毎に農作物ができていた。トウモロコシ、ナス、ソラマメ、イチゴ、トマトなどだ。そしてアンゴラウサギがいたこともあるし、兄たちがヒヨコを飼っていたこともあった。しかしその大事に育てていたヒヨコは或る時、地元の、裏山の麓にある農家の猫にすっかり殺され食べられてしまったのだった。小さな私にとってはそれら米子での断片的な思い出は全て夢の中の出来事のように、間接的な意味合いしか持たなかったように思う。

いよいよ東京へ移ってゆく日、私は姉とおそろいの赤い服を着せられた。開け放たれた家の窓の外から隣家の人たちが万一家の中を見るのではないか、と気づかって、私は外からは見えないような壁ぎわにピッタリと身を寄せていた。人に見られるのが、なぜか非常に恥ずかしかったのだ。

そこでひと区切りの扉がピタリと閉じられることとなり、思い出は憧憬となってゆくのだが、米子でのことはその後全て私にとっては空想の温床となって心の中をあたため続けてくれるのだった。

東京に来て、環境はすっかり変わった。中野のアパートは父の姉である伯母の住んでいたところで、それが頼りで出てきたのだ。トンネルのように真暗な廊下と狭い部屋。伯母は二階の四畳半に移り、私たち一家七人が伯母のいた、三畳と四畳半にはいった。共同の水洗便所とそのいやなにおい。私たち四人兄妹はそれまで米子での方言まる出しで喋り合っていたのだが、中学一年だった上の兄はそれ迄の社交性を失い、内気になっていった。父は給料の遅配や失業で生活が苦しく、母が一生懸命着物を縫う内職をしてお金をかせいだ。伯母はクリスマスに必ず何かプレゼントして私たち兄妹を喜ばせてくれた。

私は小学校にはいってからも友達はあまりできなかった。朝、始業時間の前や休憩時間にも、一人でポツンとしていることが多かった。自分だけの内部世界に惑溺し、酩酊していたのかも知れない。その頃確かに私にとって他者とはかすかな香りであった。いつまでも子供扱い、いや赤ん坊扱いする祖母や母が私の閉ざされた世界を絶対的に守ってくれていたので、種々の「人格」は、かなり遠い所から立ち昇る、形のない香気でしかなかった。危害を加え合ったり、悲しみにせよ喜びにせよ分かち合ったりするような裸の人間関係というのが持てなかった。どんな香りも風の吹くまま、私の脇を往き交っていた。私は本能的に人間臭さを避けていたようだ。学校の先生は父兄会などで母に「妙に大人びた子で子供らしさがない」と言ったりした。

その頃中野のアパートの近所はやはり同じようなせせこましい部屋に大家族が住んでいる似たようなアパートが三つ位あり、他に下宿屋が向かいに二軒程あって、その界わいの子供たちは大体環境が似ているので日常的な遊び友達だった。夏休みには特に地区毎の班が作られ六年生が班長になってまとまって行動することもあった位なのだから。しかし学校のクラスの中では、同時に、育ちの違う、つまり私よりもhigh levelな環境に生まれ育ったような子供とも近付くチャンスがあった。休み時間に多勢でワーワー騒ぐ仲間としてではなく、おとなしい者同士が近付き合って友だちになるようなやり方で、私はそうした友だちを持った。

小学校一年に入学した時、一クラスは六十四人で八クラスあった。六十四人のうち半数程が女の子で私はその中で背の高さが低い方から八番目だった。二番目に背の低かったTさんが何かのきっかけで私と口をきくようになり友だちになった。私たちは工作の宿題か何かを放課後一緒にやろう、ということになり、一度家に帰ってからもう一度学校の裏門で待ち合わせる約束をしたのだ。ところが家に帰ってそのことを母に話すと、行くな、というのだ。学校で待ち合わせてからTさんの家に行くはずだったのだが、そのTさんの家に私が行くことを母はさせなかったのだ。それは自分の家とTさんの家が余りに貧富の差がありすぎ、母は劣等感を持っていたからだ。私は母の言いなりになり、Tさんとの約束を破ってしまった。二年になってからも私はまたTさんと同じクラスになり、私の母も父兄会でTさんの母親と口をきくようにもなった為か、母は私がTさんの家に遊びに行くのをもう止めなくなった。私は頻繁に遊びに行った。大きな洋館で、ピアノの置いてある応接室、食堂とあり、一番陽当りの良い部屋がTさんと弟の子供部屋で、机や本箱、それにオルガンなどが置いてあった。行くと必ず母親の手作りのおやつが食堂で出された。広い庭には池もあり、道路との境にはお茶の木が生垣となって植えられていた。ずい分古い家だった。お手伝いの女の人もいたような気もする。

とにかくTさんの家の生活様式は私とはずい分違っていた。Tさんの母親は私の母よりずっと若く私の母のようにカッポー着を着てもいなかった。私が遊びに行って庭の鉄棒の上に坐っていると家の中から出てきてやさしく「こんにちは」と声をかけにきてくれたことがあるが、私は「こんにちは」など言い合う習慣がなかったのでただ黙ったままニヤッと笑い返すだけだった。父親は、どんな仕事をしていたのだろう。或る時Tさんが「お父さんが北海道に出張した時のおみやげだ」と言って、木彫りの熊やペーパーナイフを見せてくれたことがある。そんなことも私にはないことだったので私は目を見張った。彼女は学校ではおとなしく、ジェスチャー遊びをする時なども、指定された動作をするにも自由に身動きすることができず顔を真赤にしてしまう程だったが、家の中では大きな顔をしているような子供だった。二人で成績表をもったいぶって見せ合ったら、私とすっかり同じだった。体育と算数が2で他が全て4というのだ。

逆にTさんを私の家に呼んで一緒に勉強をしたこともある。何という違いが二人の家にはあったことか！　玄関の上りハナの三畳は、昼間でも電灯をつけねばいられなかった。もう一部屋の四畳半には裁縫をしている母が一面布地を広げて陣取っていた上にアパートの隣り近所のおばさんたちがおしゃべりにきており、その小さな子供たちが勝手に上がってきたりしていた。

三年まで同じクラスで、他にも何人か友だちができて放課後も遊びに行ったりきたりしていたが、Tさんとは四年になってクラスが違ってからはあまり遊ぶこともなくなった。もう一人の友だちKは四年になる時、分校が独立して桃丘小学校ができ、そっちに移っていった。三月のひな祭りに私は母と一緒に紙でひな人形を沢山作って並べた。その時Kに見においで、と言って呼んだのだが「何だこんな紙でつくったのか」とバカにしたのだった。

私は今でも、育ちの良い素直な子供が好きだ。人の心を悪く歪めて勘ぐったり押しつけがましいところがなく、ただ香気そのものとして私に関わってくるように思えるからだ。

そしてそうした子供が、やはり彼らなりのイヤらしさを持っていたとしても、違う環境に育った私とは共有できないのだから、私にとっては無に等しい、というわけだ。

或る年の暮近く、私は、珍しく父が何か買ってあげるというので、二人だけで駅の方へ買物に出かけた。一軒のカバン屋の前に、大きな紙に書かれた文字の下がっているのが、父と私の目を引いた。「よりどり、どれでも一〇〇円」――私の欲しくなるようなビニールのハンドバッグがその中に山積みされていた。私は、似たようないくつもの形の中からひとつ選んだ。「これがいい」――父は財布から百円札を出して店員に払った。「一六〇円です」店員は、選んだハンドバッグに糸で結びつけられていた小さな定価表を父に示した。「え？　一〇〇円じゃ、ないのか？」父は驚いて聞き返した。「ここに、どれでも一〇〇円、と書いてあるじゃないか！」父はカッとした。「それでは、こんなのは嘘なんだから破ってしまいましょう」ビリッ、とその時、もう父の手は大きな紙を破っていた。緊張した空気がカバン屋中に流れた。私も父の側にいながら、すっかり恐怖して震えんばかりだった。（あと六十円位、出せないんだろうか？）と恥ずかしい気持で一杯だった。

店員は丁寧に説明した。「確かに、一〇〇円のものもありますが、これは一六〇円なのです」――父は再び冷静に戻った。「ああそうですか。一六〇円で結構です。どうもすいませんでした」そして手に持っていた、破ってしまった紙を、本当に申し訳なさそうに店員に渡すのだった。

私は、ハンドバッグを買ってもらいながら、少しも嬉しくなかった。六十円という金額が、その時の父にとっては、本当に大きな額だったのだ。広告文があざむいたと思った時、父は屈辱感に打ちのめされたのだ。その夜は、家に帰りつくまで、私の心は凍えていた。みじめな状況が、あまりにもわかりすぎたのだ。

その頃、母はよく私に、次のような相談を持ちかけたものだ。「今夜のおかず、何にしようか、五十円しかないんだけど、これで七人分だよ」——私は一生懸命考えた。例えばこんな風に答えた。「納豆ひとつ、十円。味噌汁用に油揚げ一枚、五円。コロッケ一個五円のを一人一個ずつ、七個で三十五円、これで五十円だよ」そして母はその通りにした。おかずが本当に何もないこともあった。母は塩をつけたり味噌をつけたりしておにぎりをつくった。

アパートは三畳と四畳半。玄関を兼ねたコンクリート敷きの台所。母はよくあわててそのタタキに醬油ビンを持ち上げそこねて落とし割った。「買ったばかりの一升ビンに限って、割ってしまうんだからねえ」

情けない生活状況だった。私たち子供はいつもおなかをすかせていた。私はヤセていることが恥ずかしく、毎月一回学校で体重測定するのがいやだった。或る時、先生が、はかりの数字を読み間違えて、「23キロ」を「28キロ」と書いた。それが同学年の大体標準値だったので私は内心、この間違いを喜んだ。母に連れられて母がパーマをかけに行くお伴をした時、待っている間、ソファに腰かけていたら、よその、私より小さい子が、やはり母親を待っていたのだが、その母親に向かって、私を指さしながら、「お母さん、この子やせてるね」と言った。それはすっかり私の心を沈めてしまったのだった。反抗期にさしかかっていた兄たちも食べ物のことでカンシャクを起こしたり互いに兄弟ゲンカしたりした。下の兄は、丸くツギのあたった祖母の敷ブトンを見て、心底アンパンだと思い、「アンパンだ」と言って飛びかかっていった。

その頃私は学校で、珍しく学級委員に選ばれていた。クラスで五人が投票で選ばれたのだ。その五人が、秋の遠足の前日、先生に呼ばれて放課後残った。先生はW君のことで私たちに相談があるということだった。W君というのは、いつも汚らしい格好をしていて、もっと低学年の時にも同じクラスだった。皆の噂では、家の近所でいつか地面の砂を口に入れて食べていた、というようなW君だった。先生が言うには、彼は遠足に行く費用が払えなくて、一度も行ったことがない。今度は先生たちが出して行かせることにしたので、お弁当を彼のために、五人の学級委員で持ってきて少しずつ、あげてもらいたい、というのだ。私たちは、勿論「はい」と良い返事をした。しかし家に帰っても私はなぜかそのことを母にも他の家族にも話せないのだった。W君の家は、きっと私の家よりもっと貧しいのだろう。でも、そんな子供がいて、私が学級委員としてその子のためにお弁当の一部をあげることになってるので、いつもより沢山作って、ということを、私は言い出せなかった。なぜだろう？　他の兄姉からからかわれそうな気がしたし、日常の家族内の話題とは、おおよそかけ離れたことなので、ついに言い出すことができなかったのだ。

遠足の朝、私は母に、おいなりさんをいくつかヒョウギの箱に詰めてもらった。（この中から、お昼に二つ三つ、W君にあげればいいんだわ）と内心自分に言いきかせて出かけて行った。校庭で学級委員を一緒にやってる男の子に出会った。彼は小さな包みを既に手に持っている。それがW君の分だということはすぐにわかった。そして私にも聞いた。「W君の分も持ってきた？」――私は背中のリュックを見せながら「中に一緒に入れてきた」と答えた。しかしお昼になって、どうやって渡すことができるのだろうか、とずっと心に引っかかっていた。私は何人かの友だちとかたまってお弁当を広げ始める。先生を探す。ああ、あそこに、先生は他の先生方と……目で追う。しかし、おいなりさんを二つばかりこの段になってから渡しにいくのが、とてもやりにくいことだと思えた。しかも、他の皆から聞かれても困るのだ……W君はどうしているだろう。目で追っても見つからなかった。他の学級委員たちはどうしたのだろう？　普段私はあまり誰とも口をきかないので、他の人たちとも相談する勇気がなかったのだ。それに第一母にすら頼めず、別の紙に包んでくることすらしなかったのに、相談しにくいのは当り前ではないか。――結局私は、W君にお弁当を分けることをしなかった。それはいつまでも私の心によどんでいたが、私は何も先生から言われなかったかのように振るまっただけなのだった。その日の写真を見ると、W君はいつもボサボサの髪だったのが、きれいに坊主刈りになって写っている。

彼は冬になって、三学期の途中からだったと思うが、学校に来なくなった。先生の説明によると「W君みたいな子がはいる、千葉県にある施設にはいるために、この学校をやめたのです」ということだった。「W君みたいな子」とはどんな子なのか、説明はなかった。両親のいない、みなし子なのだろうか、と思ったり、泥棒か何か悪いことでもしたのだろうか、ということが考えられたりしたが、そういう悪い噂があったわけではなかった。遠足の後で、私は他の学級委員にも先生にも、W君へのお弁当のことを聞かれなかったので、かえっていつまでも心の重荷となったのだった。

家では、母と祖母がつまらないことでよく口争いをしていた。母は何度か、化粧品をまとめて「家を出てゆく」と言って私たちを置いてゆこうとした。私や姉は泣き叫んで追いすがった。祖母は祖母で「死んでしまいたい」など言いながら寝床の中で密かに泣いていたこともある。何しろ四畳半に、祖母と子供四人が寝ていたのである。私と姉、兄たち二人が、それぞれひとつのふとんに一緒に寝、四人の足元の方に祖母が横向きに寝ていた。時々兄たちと、押し入れに電灯を入れて「勉強部屋」を作ったり、昼寝を押し入れでしたり、何かというと、私たちは押し入れを利用した。母が祖母とケンカすると、プイと小さな私を連れて映画を見にゆくことがあった。その中でひとつ、三島由紀夫の「金閣寺」に基づく「炎上」というのは覚えている。市川雷蔵が主演だった。勿論、詳しいストーリーはわかるはずがないが、いくつかの画面画面と雷蔵の顔つきは、今でも思い出せる。

母は外を歩く時、心がいつも不安だった。夕食のための買物に近所の市場まで行くような時は、勿論そんなことはない。歩きながら顔見知りのおばさんたちと出会っては立ち話をしたり、店の人たちとも顔なじみだったのだから、そうした歩き慣れた範囲内では我がもの顔で歩いていた。ただバスや電車に乗ってゆくような街中、普段余り行きつけない所まで足を伸ばすような折、私は一緒に歩いていて、何か母と周囲の街並み、往来する人々との間にキシキシとそぐわないものがあるような気がして、私もまた不安になった。伯母に連れられてデパートを歩くような時の方が、私としては余程安心していられた。そういえば米子にいた時に、こんなことがあった。皆生《かいけ》の松林の中に建てられた市営住宅に住んでいた、母の弟である叔父の家に行く時、バスの中で、車掌の不注意から母は手をドアにはさまれてしまったのだ。「おおいたい！　もっと気をつけてちょうだい！」母は車掌に向かってヒステリーを起こした。その時母は、指が痛かったからとはいえ、すっかり動揺していたので、私はひどく心細かった。その出来事は、普段の恒常的な母の不安のひとつの表われだった、という点で、私には記憶されている。米子と中野にいた時の母は、他のどの時代におけるよりも心が不安定だったようだ。敗戦後の社会状況の反映でもあるのだろうが、直接的に大きな原因は、父の収入が不安定だったからだ。米子にいる間、母は三十五歳前後だったのだが、日記をつけていて、今なお古ぼけたまま残っている。そこには生活の不安が切々と記録されている。北京にいた頃の写真を見ると、兄たちが赤ん坊だったりよちよち歩きだったりした頃なのだが、父と母は若く生活に余裕があるように見える。米子での私の記憶の両親と比べたら雲泥の差で、北京にいた頃の両親は、別人のように見える。

中野にいる頃、母の裁縫への没頭はすさまじかった。仕立屋から頼まれるもの、個人から頼まれるものを、頼まれるだけ全部引き受け、縫いに縫った。働く母の姿に私は誇りを持っていた。貧しく、住む所、食べるものがいかに粗末であっても、働いていることにおいて、誰にも恥ずかしがる必要はないのだ、という居直りを母の中に感じるような折、私は母が頼もしかった。父についても「金持ちはみんな悪いことをした証拠だ」など言うような時が好きだった。母が十二月の暮、おおみそか一日残した位まで働き続け、せいせいとしたような気分で、手に入れた仕立代を持って私たち子供に、お正月に備えたゲタやらセーターやらを買いに中野の北口（商店街）に連れていってくれるような時、私の心はふくらんだ。母が裁縫をしている姿を絵に画いて学校へ出したら、先生から「よく画けているから、大きな画用紙にもう一度画いてごらん」と言われた。最初画いたのはクレパスでだった。しかしそれは姉の使い古した、なくなりそうなクレパスだったので、大きい画用紙に学校の放課後残って画いた時は、自分のクレヨンでだった。そのため先生にも指摘されたようにすっかり迫力に欠けてしまった。それに加え、同じく残されて画いた子供の中で、私の知らないよそのクラスの女の子が私の絵を見て「目をつぶってるのね」とケチをつけた。それで私は、知らない子たちが他にも多勢いたので気が小さくなっていたため、下を向いて裁縫をしている母の目は、目をつぶっているように画いて当然なのに、そう思いながらも、パッチリ開いた目玉を画いてしまったのだった。内心「これではとても前に実物を見ながら画いたような絵にはならないな」と思い、よその子からケチつけられたのに迎合して修正したことを後悔しながらも、そうしてしまったのだ。自分の弱さが原因で失敗した絵はいつまでも心に後味の悪さを残した。

アパートの、わが家の丁度真上にO夫妻と、私より二歳年下の女の子が住んでいた。O氏は後に登山家として名を残して自殺することになるのだが、当時は登山雑誌に載せる原稿を書いたりしていたと思う。ワイフの方は夜の商売をしていた。他におばあさんも一緒に住んでいて、普段は女の子の面倒を見ていたのだが、この人がそのうち老衰で死んでしまった。そのためその後、夜の間を一時期、わが家で預かったことがある。夕方、母親がきれいな着物を着て仕事に出てゆく時、家に預けに来るのだ。その女の人はまだ二十歳台前半だった。銀座の並木通りの何やらいうバーか何かに勤めており、私の母にも是非一度（飲みに？）来るように、誘ったりしていたが、それは当時の私から見てもおよそ非現実的なハナシだった。また、何のためかこの女の人は或る時母の前でオッパイを出して見せるようなことをしていた。狭い部屋で、学校から帰ってきた兄たちのいるのを気にもかけずにそんなことをするので、母はハラハラして、直接本人に言えばよさそうなものを、後で近所の別の奥さんたちに悪口を言うのだった。この、家で預かった女の子は、こまっちゃくれた子でわがままだった。小学校にはいる年だというのに自分の名前さえ書けなかった。兄たちや私たち、きょうだい総がかりで字を教えようとしたが、まじめに教わろうとしなかった。そして「母さんと父さんは、こんな音させてキスするんだよ」などと言って、口をすぼめてチュッという音をたてた。わが家にとっては、とんでもない異物がまぎれ込んできた、という感じだった。夕食のお膳を囲みながら「おばさんとこのカレーは肉が少ないのね」とも言った。当時わが家では豚カツなど食べたことがなく、カツらしいものといえば鯨に決まっていた。しかしこの子は鯨というと絶対に食べようとしなかった。私たちは鯨を大好きだったのだが、この子は豚カツなら食べるけど鯨はいやだ、と言う。しかし鯨を「牛肉だ」と言って食べさせたらこの子供もついに「おいしい」と言って食べたのだった。

その頃、私たちは小学校の前にある銭湯へ行っていたのだが、いったい、どの位の度数割合で行っていたのだろう？　隣りのアパートに住んでいた、中国人の父親を持つKさん一家では、子供が五人いて、中には私や姉と同じ学年の姉妹もいて遊び友達だったのだが、その家では定期的に週一回風呂へ行き、下着を替えることにしたのだ、と誇らしく語っていた。私はそれをとても羨ましく思いながら聞いたのを覚えている。だから、わが家では恐らく全く不定期で、しかも一週間以上のサイクルで銭湯に行き、また行く度に必ず下着を替えたとも限らなかったのではないか、と考えられる。Kさんの家も大家族で小さな部屋に住んでいたが、色々な点でわが家とは違った習慣があるのを私は感じ取っていた。大きな鳩時計が部屋の中にあったのが珍しかった。また或る遠足の朝、同学年のRonちゃんを呼びに行った時、おばさんが出てきて真赤な大きなリンゴを差し出してくれたのを忘れることができない。リンゴをひとつまるごと一人で食べるということが、わが家ではなかったので、もらうのをちゅうちょしたのだ。するとおばさんは、「さあ、うしろをむいてごらん」とか何とか言って有無を言わせず私の背中のリュックに、そのリンゴを詰め込んでしまったのだ。私はそれがとても嬉しかった。

母が裁縫をしている昼間、近所のおばさんたちが、入れ替わり立ち替わり来ておしゃべりをした。その中には、戦時中戦気昂揚のための歌を歌わされていた朝鮮人の歌手Nさんの奥さんもいた。奥さんの方は日本人で、眼に白い膜がかかっていた。この家にも子供が四人程いて、一番上の女の子は芸大でピアノを勉強していたし一番下の、私より一年上の女の子は歌を習っていた。皆優秀な子供たちだという定評があった。そのおばさんと母とは、Nさん一家が後に北鮮帰還ということで新潟から船で発ってゆくまでつき合っていた。裁縫をしながらNさんのおばさんと母は、いかにして安く子供たちを腹いっぱいにさせることができるか、ということの情報交換をしたり、米だのショウユを貸し借りする相談をしたりしていた。私はそのおばさんの前では何の遠慮もなくふるまっており、母の竹製ものさしで背中を掻いたり、母の仕事中の背中におしりを寄せかけてオナラをしたりした。後の時にはさすがのNさんも驚きあきれていた。私はしたり顔だった。

学校から帰って来てからの楽しみに、当時、紙芝居があった。アパートとアパートの間の日のあたらない路地はいつもコケが生え、ドクダミが生えており、下水の流れるマンホールがいくつもあった。そこを通り抜けて裏道まで出たところに、なじみの紙芝居屋のおじさんは来た。かなり年をとったおじさんで拍子木を叩いて子供に到来を告げた。話し方がとてもうまかったので、私たちはすっかり引き込まれて聞き入った。五円とか十円を持って、自転車の上にくくりつけた紙芝居の台と一緒になった木のヒキダシから出して売る水アメやら赤や黄の何やらすっぱい味のするものを買い、それらを食べながら立って見るのだ。私たちは、その紙芝居のおじさんを、殆んど尊敬してもいた。何かの時、思わずそのおじさんに向って「先生！」と呼んだ男の子があった。それで皆は大笑いしたが、そう呼ぶのももっともだ、という空気も同時に流れた。他に、少し違う所に常に来る別の紙芝居屋もあったが、そっちは拍子木ではなく、大太鼓を胸にかかえて、ドーンドーン、ドン、ドンドンという調子で叩いて子供を集める、という具合だった。

四年生の終わり頃からソロバンを習い始めた。二週間毎にテストがあって、九級から四級位まで、あっという間に進んだ。畳に坐って長い木のテーブルにへばりついて習うのだった。そこでは違う学校の子供とも知り合いになった。知り合いができるまで私は誰とも口をきかず、おとなしくまじめだったのに、その子と知り合いになってから、先生の読み上げる数をちゃんとソロバンではじく、ということをせず、二人でベラベラ喋っていることもあった。

中野での生活は、やがて父が住宅公団に就職し、収入が安定すると共に、社宅（試作住宅）にはいることが決まったため、おしまいになる。

中野から下井草に移ったのは、五八年九月の中頃である。それは私が小学校五年の二学期で、中野の桃三（桃園第三小学校）では、丁度、教科書の前期用が終了する直前だった。もう後期用を買っておくよう、学校の先生に言われていたのだが、家にはお金がなくてすぐには買ってもらえなかった。或る日学校で先生が、もう買った人、まだ買ってない人、と手を挙げさせた。私は挙げることができず、クラスの友人は私に軽蔑の目を向けた。すぐ明日にでも使い始める訳ではないのに、先生は早く買って予習しておくように、と勧告したのだった。

その日のことを、私は屈辱的に感じた。買うゆとりのある家とない家を挙手で区別されたようにしか思えなかったからだ。それで、その日の夜だったか数日後だったかは定かではないが、とにかくその日のことによって私は或る夜、後期用の教科書をすぐに買って欲しい、と母に執拗にせがんだのだった。全八科目のうち、買う必要のあったのは、確か、算数、国語、理科、社会の主要四科目で、当時、一冊五〜六十円にすぎなかった。全部買っても三〇〇円足らずである。しかしそれがなかった。翌朝、高校や中学に行っていた兄や姉に渡す昼食のパン代をとっておかねばならない。それでも私は、学校の先生に言われたのだから、と言って母を困らせた。ついに泣いてまでせがみ、寝床にはいってからも泣き続けていた。そのうち誰も口をきかなくなり、電灯も消してしまってから、母は一人外に出てゆき、そして私の教科書を、お金のあるだけの範囲で二冊程買って来たのだった。

引越しが決まったのは、その直後だ。或る晩父は明るい顔で帰宅し、公舎への入居決定を家族中に知らせ、はいる家の間取り図を皆に見せた。六畳と三畳が二階にあり、一階には四畳半と台所があるその間取り図を、私たちは目を光らせて食い入るように見たものだった。同じ間取りが壁一枚隔てて何軒かつながっているその長屋は、相応の庭がついていたこともあって、私たちにとって、どんなに素晴らしい新居に思えたことか!

結局私が固執して母に買わせた新しい教科書は、貴重な、なけなしのお金で買わせたにも拘らず、転校することになったので不要なものとなってしまった。

中野にいた間、母は、アパートのすぐ前にあった質屋に頻繁に足を運んだ。時には上の兄を使いにやらせた程だ。「月七分」の看板を私たちは道路で遊びながら恒常的に見ていたし、石造りのお蔵の高窓が鉄格子の向こうで開かれるのを見かけたりした。しかし私が中の様子を見ることはついになかった。質屋も、当時の私にとっては景色のひとつにすぎなかった。

景色といえば当時は中野からも夕方西の空が夕焼けに染まる頃には、富士山を初め、秩父連山がはっきりとシルエットになって見えたものだ。小学校の、校庭から校舎へつながる階段を上ると冬の朝など真白な富士山が美しく見えた。

色々とそれなりに思い出のある中野での生活は、引越しと同時に私は転校によってもおしまいになる。中一の姉も、高一の兄、高三の兄も電車や自転車でそのまま通い続けるが、私だけ一人、転校すると、親たちも私自身も初めから決めてかかっていたのだ。

下井草から中野なら、通ってもそう遠くない距離だったが、私の心の中には、桃三から離れたい気持があったと思う。クラスに親友がいなかったし、越境入学して来ている子供たちがいて、彼らはバイオリンやピアノ、絵や習字といったものを一人であれこれ習ったりしており、先生も私立の中学へ行くことを勧める、という傾向があり、私は何となく心が萎縮していて、のびのびとした気持になれなかったのだ。むしろこのことは、後に引越し先の桃五に移り、その両校の違いを体得する中から感じたことだったのだが。

当時、中野と杉並の違いは大きかった。街中から田舎に来た程の違いを感じた。学校の生徒の感じも全く違い、素朴で人なつこくやさしいものを感じた。それに何より、うちが貧しいのだ、ということを、中野にいた時程は重荷として感じる必要がないような気がした。新居のまわりは畑が沢山あり、遠くまで見通しがきいた。まだ舗装されてもなかった道には冬になると霜柱が沢山立った。

テスト人間、そして無生活

下井草での生活は、一九五八年九月半ばから一九六八年五月までの九年八ヶ月程である。桃三（桃園第三小学校）から桃五（桃井第五小学校）に転校した私にとって、環境の変化は嬉しいものだった。気分的な安らぎを、見知らぬ子供たちの中に見つけた。同じクラスの双児の姉妹MとSは毎日学校へ行く時私を呼んで誘ってくれたし、他にも色々と私に親切にしてくれる友だちが何人もできた。転校して間もなく、そんな友だちから放課後「セントポール・ハウス」と呼ばれているところへ行くのに誘われ、行きつけるようになる。自転車で十分位のところ、杉並区でも中野区との境界に近いはずれにある大きな古い洋館で、その家に住むHさんという老夫婦が子供たちのために家の一部を開放して勉強や遊びのために提供していたのだった。Hさんは私の祖母と同じ年令のおじいさんでクリスチャンであると共に「子供を守る会」の当時全国会長をしていたそうである。

私は家にある二八インチの大きい古自転車にまだ三角乗りしかできなかったので、Bちゃんという、その大きな自転車も十分に扱える友人にこいでもらい、私はその後ろに乗せてもらい、他にもその日によって三〜四人が一緒に自転車をつらねてセントポールに行くのだった。宿題を持っていって皆で一緒にやったり、卓球をしたり、そこに指導員として働いているTさんやKさんの指導で合唱したり映画を見せてもらったりした。クリスマス会には特別に色々な企画を立てた。私はBちゃん他二人の計四人で「浜千鳥」を踊った。他に人形を新聞紙や絵の具で自分たちで作り人形劇「三匹の子ぶた」もやった。Tさんは女性の指導員で、当時三十一歳だったが、「浜千鳥」を通じてとりわけ仲の良くなった四人は特にTさんとも親しくなり、その後Tさんの誕生日（四月二十八日）には四人でゴミ箱を作ってプレゼントしたり、何やかや理由をつけてTさんのアパートまで遊びに行くようになった。

セントポールでのことは色々書くことがある。私たちは小学校を卒業し中学にはいるまでそこに通い続けるが、Tさんは私たちが六年の年の夏頃、他の会社に就職してセントポールを離れた。その後も私たちは度々Tさんのアパートに遊びに行ったりして連絡をとり続け、結局今に至っている。

セントポールでTさんの後に来たNさんという男の人（「先生」と私たちは呼んでいた）は私たちにとって良い先生ではなかった。Nさんは、セントポールから畑を隔てた所（中野区内になる）に新しく建った大きな家の子供Aさんばかりかわいがる、として私たちはNとAさんを憎んだ。Aさんは私たちより二学年下で、バスで通うような桃五ではないよその小学校に通っていた。声がよくて歌の上手なのをハナにかけたり、ブラウスを二十枚も持っている、なんていうことを自慢したりしていた。ある日セントポールに行くと、私はNさんに一人だけ呼び出された。Nさんはいつになくきまじめな顔つきをして私を詰問した。「あんたは、私がAさんと昼寝をしてた、なんてことを他の子に言っただろう。Kさんがそんなことを私に言うんで、誰に聞いたのか、と尋ねたらあんたがそう言ってた、と言ったんだ。」私は事実を認めた。しかしそれを私はMさんから聞いたのだ、と言った。Nさんは本気で怒っており「そんな、根も葉もないことを人から聞いたからといってまた別の誰かに言うなんてよくないことじゃないか!」と私を追いつめた。私はNさんがそんなことで本気に怒っている訳がわからなかったが、すっかり畏縮してしまった。途中でその場にHさんのおばあさんが姿を見せ、いつもながらのニコニコした柔和な顔で私にあいさつしてくれたのがわずかな救いだった。私はNさんから「今後、人に聞いたことの真偽を確かめもしないで他の人に言うようなことはするな」というようなことを言われてやっと解放された。私は殆ど泣きかかっていたが一生懸命こらえた。そこから出ると皆が庭でドッジボールをしていたので、そこに加わって気持をカラッとさせることに努めた。私のNさんへの憎悪はその時既にはっきりしたものになった。

その後、前年のクリスマスに私たちがTさんの指導で作った人形劇用の人形を全部捨てろ、とNさんが言った時、私たちのNさんへの憎悪は決定的になった。或る日私たち四人は、いつもはいるのとは別のH家の玄関にあたる入口の呼び鈴を押し、わざわざそっちからHさんに会いに行った。Hさんのおばあさんが出てきたが、そこで私たちはNさんがいかに私たちの心をくんでくれない人かということをさんざん言いつけた。おばあさんは優しく「わかりました」というような態度で私たちの告げ口を聞いてくれた。

その頃セントポールに来る子供たちはどんどん増え、会員カードを作ってくれた。私たち四人が一番から四番を占め（私は三番だったか？）六年になってからは親分気どりでいたものだった。セントポールにいた小犬が死に、カナリアが死んだといっては、庭の隅っこに墓を作り、芝桜を植えた。増築して図書館をつくってくれたので私たちは以前のように三階の屋根裏部屋や一階奥の畳の部屋に足を踏み込むことはなくなった。それまではそういう所が勉強室となっていたのだ。庭には高い網が張られ、ボール遊びをしても花壇の方に飛んでゆく心配がなくなった。鉄棒で飛行機飛びを覚えたのも、百人一首を覚えたのも、ここ、セントポールだった。小学校を卒業する時、Hさんは六年生だけを呼んで大きなデコレーションケーキをごちそうしてくれた。

中学にはいって、よその小学校から来た生徒たちも一緒になりクラスもバラバラになったのだが、「浜千鳥」の四人はTさんに会いに行くことでつながり続けた。特にBちゃんとは中学でも一、二年の二年間同じクラスだったので、一緒にいることが多かった。小学校の時私は小さくBちゃんとは一〇cmも身長が違っていたのに、中学時代、私は毎年一〇cmも伸び続けたので、高校にはいる頃までには殆んど二人は同じ位の背の高さになった。

家では、中野にいる頃に比べれば父の収入は安定したのでずっと生活が楽になったとはいえ、それでも給料の絶対額は七人の家族にとって十分ではなかった。私が六年になった年、上の兄は高校を卒業し、或る大企業に就職した。兄の給料を母はあてにしていた。私が夏、学校から泊まりがけで海に行くための洋服を私は兄に買ってもらったのだ。金がないことのコンプレックスを私はだから中学時代も高校時代にも様々な形で持ち続けていたといえよう。大学にはいっても多少感じたし、私が大学を出て自分で働き給料をもらうようになるまで、あったといえるかもしれない。

桃五に移って間もなく、クラスの担任の先生が家庭訪問に来たが、私は玄関を初めにあけに行って、先生だとわかると胸がドキドキして、母に伝えるなり二階にあがり込んでしまい姿を見せなかった。その日家にはお茶が切れていた。祖母はそのためお茶を買いに出たのだが、私はそのおぼつかない足取りで道を歩いてゆく祖母の後ろ姿を二階の窓から見送ったのだった。この日母はお茶の代わりにウイスキーを先生に勧めた。このことが私には何かとても変なことに思われたのだった。

小学校では給食が出たから良かったが中学校にはお弁当を持ってゆかなければならなかった。おかずが乏しくてまともに弁当箱のフタを堂々とあけられないような時もあった。前の席に坐っている子がふり向いてそれを見、「何かおかず、分けてあげようか」と言ってくれたことがあるが、私は断った。この子は一人っ子でいかにも両親に大事に育てられてきたような子で、家にピアノがあることが自慢だった。工作の時間か何かで材料費を持っていかなければならない日、私は母にお金をもらえなかったので、うっかり忘れたふりをしてこの子に立て替えてもらった。「学校から帰る途中、私の家に寄ってよ、返すから」と私は見栄を張って言った。しかし本当に寄られたら困るのだ。家にはお金がないのだから。このことが心の重荷になった。私は何とかしてこの子と一緒に下校しないように苦心した。そして家に帰り着いてからも気が気ではなかった。あとからこの子が家を訪ねてくるのではないかと思って。私は昼寝した。(昼寝してたので、来たのに気づかなかったわ、と明日言えばいい。）おちおち眠れもしなかった。外がうす暗くなってきた頃、私は何気なく窓から外を見た。すると丁度その時、お金を借りた彼女が他にもう一人友だちと一緒に帰ってゆくではないか！（私の家を通り過ぎた。今日寄るつもりはなかったんだな）と思い、ホッとした気持で私は彼女らの後ろ姿を見送った。お金は今日も明日も返せない。しばらくの後、父の給料日まで待たないと母からもらえないのだ。それまで私は彼女の前で息をひそめて過ごすハメになった。彼女はこの状況を察してか私に決して催促することはなかった。

六〇年安保の年、私は中学一年だった。事態の意味もなりゆきも何もわからなかった。ただ東大の学生樺美智子さんが国会デモの中で死んだ、ということだけははっきり頭に刻まれているが、その死の意味すら当時はよくわからなかった。事件の後出版された樺さんの遺稿集『人しれず微笑まん』と別の出版社から出された『最後の微笑』の似た内容の二冊共を、当時二十歳だった上の兄が買ってきたので、私は或る一時期、それをよく開いて読んだものだった。彼女が子供の頃書いた日記や作文が私には興味があったのだ。「私と同じ位の頃に、こんなしっかりした文章を書いていたのか」という驚きがあった。育った環境が彼女と私とではずい分違うということを感じ取っていた。それはそうだ、と今思う。彼女の父親は哲学か何かの大学教授、いわば知識階級に属する人なのだから。樺美智子さんの思想も行動もやはり庶民レベルのものでなく、知的エリートのそれだったとしか、私には思えない。しかし社会というものに自分の思想や行動を直接結びつけることは大切なことではないか、という、私には欠けている点を感じたことは確かである。中学の頃からぼんやりとではあるが、私は私の家族内だけでの生活からは決して認識できない、或る広い世界が存在するのを感じ取っていた。しかしその世界がどのようなものなのか、まだまだわからなかった。私の目は内へ内へと向いていたのだから。同じ頃上の兄はヘルマン・ヘッセの著作を買い集めていた。これらを時たま本棚から引き出しては私も読み始めた。その中に描かれているドイツやスイスの田園風景と少年たちの内面的悩みや恋の甘美なときめきを感じさせる文章が私を引き込んだのだ。それは現実の私をとりまく環境にはないものであり、それゆえ私はそうしたヘッセの作品の中に、憧れや夢を託した。「ナルチスとゴルトムント」の美しさにはすっかり魅せられた。

当時私は、同じ大人でありながら、両親と学校の先生たちとは何て違っているんだろう、と思っていた。私は「先生」の存在を聖化して見ていた。それはこの世的な判断に基づく「いい先生」とか「嫌な先生」という区別を超えて、想像によってすっかり美化した理想的なタイプとしての先生、と、汚濁したこの世的いやらしさを身にまとった否定すべきタイプとしての先生、の二つに分け、前者に対しては渇えにも似たあこがれを持って見る習慣にあった。それに対して父も母も何よりまず具体的に私にとって不可欠の存在であり、非現実的な想像を駆使する余地がひとつもなかった。結局、思うに私は現にあるそのままの姿としての他者を、そのままの形で受け入れ認めることを拒んでいたのだ。

言い換えれば、私は自分自身を具体的社会としての直接的人間関係の中に投げ込み位置づけようというすべをまるで知らなかったのだ。私は他者にわずらわされるのが嫌で一人でいることを好んだが、決して自由な孤独ではなかった。やりたいことを自分で決めてバリバリやるという勇気に欠けていた。

学校では、高校受験のための模擬テストが頻繁に行なわれた。学内だけでなく、日曜日には業者の主催するテストも一ヶ月に一回位は受けに行った。他に定例の中間テストと期末テストが各学期に行なわれ、その度に合計点と学年及びクラスにおける成績の順位が知らされた。私はテストのためにとりわけ努力しなくても都立高校に合格する位の水準は一定して保っていたので、受験のことでは真剣に悩むことがなかった。気苦労も焦りもなく、どうせ希望校が落ちても他校に廻されるだろう、位にしか考えておらず、姉の通っていた中野の富士高を受けて合格した。この学校は当時日比谷高校と同じように、隔週土曜日が休みだった。それが魅力で受けたのだが、しかし二年になる時、必修単位が増やされ、この制度は廃止された。当時、学内新聞ではこの隔週土曜休日制廃止のことで記事がつくられたが、今読むと何と腑抜けたことしか書かれていないことか！　クラスで先生に事情を説明され、生徒は黙って従っただけだった。

中学の時、最初の数ヶ月（夏休みまで）、卓球部にはいり、フットワークや素振りなどの基礎練習がいかに大切なことかを学んだ。

高校では、友人の姉上に誘われて新聞班にはいった。私なりに一生懸命やったつもりだったが、一年間でやめてしまった。

高校での成績は中学の時に比してガタンと落ちた。努力しなければ人並みの点がとれない内容だったのに、相変わらず勉強しなかったからだ。特に数学がダメだった。一年の一学期の成績がとても悪かったので、数学だけ夏休みに補習を受けるよう言われた程だ。元来女子は優秀だということになっている富士高だったが、クラスの中で三、四人がこの補習を受けるよう義務づけられた。

音楽と英語だけは面白がって授業を受けたが、他、特に理数の授業では私の頭はボンヤリとし、まるでこの世には居ないような気分がしていた。

テスト期間が近づいてくるとヤケになって放課後講堂で卓球をしてみたり（この期間だけ、卓球台はすくのだ）、ヘッセやゲーテ、それにマンの『トニオ・クレーゲル』なんかを夜遅くまで読んだりした。『ファウスト』を、頻繁に出てくる傍注をひとつひとつ丁寧に読みながら、全想像力を駆使して読んだ時は、充実を感じ、日頃の学校の授業を真の意味で軽蔑できるような気分になった。

実際、高校にはいってからもなお私は、身近な家庭を通して社会に目を向けることもできず、社会一般、国内や国外での出来事に関心を寄せることもできなかった。そして不可解な、感覚としての周囲との違和感、圧迫感ばかりが、高校生としての私を生きにくくしていた。形を成さないあせりや不満が、心の中に蓄積され憂鬱な日々が経過した。観念の世界は人をはなはだしく浮き沈みさせる。

高校二年の夏休み、ほぼ一ヶ月間、中学時代の友人Kと二人で八ヶ岳ロッジにアルバイトに行ったのは、ひとつの反逆だったたといえよう。私はKの行動力にぶら下がるような形で参加したのだったが、それでも得るところは大きかった。毎日五時に起きて、ロッジの売店に立つ。他に浴衣を畳んだりなんか言われたことをやる。夜十時頃まで何だかんだと束縛される。後に食堂にも配置された。泊まり客の食事の用意、お弁当用のおにぎり作り、昼間飛び入り客の注文する食事の準備、と、山梨大の学生アルバイトにまじってKと私はよく働いた。夜は、持参した英語の読解を辞書を引いて勉強したり、時折は小さな人工池でボートをこいだりした。夜はバイト生全員、自由に無料でボートに乗せてもらえるのだ。さんざん練習した。夜だから霧が出て神秘的な気分になることもあった。近くに富士高の寮もあって飯盛山へ行く途中寄ったこともあるし、逆にそこに遊びにきている顔なじみの新聞班の人たちが先生に連れられてロッジにお昼ごはんを食べに来たこともあった。ひと夏涼しい所で過ごせたことに私は満足だった。家を離れている淋しさなど殆んど感じなかった。給料は、高校生は雇わないと言われたのにKが無理に頼んだため大学生の半額、一日四〇〇円程だった。一ヶ月近くいて、山登りに行った日の分はもらえないので計一万円足らずの額だった。Kはそのお金でスキーの道具を買うのだ、と楽しみにした。私は何に使ったのだろう? そのうちの何分の一かは母に強制的にとられ、「世話になったから」と言ってKの父親のためにビールを一ダース程買って持っていったのだった。私としては少しも世話になんかなった覚えはないのに。Kの両親が私たちのバイト中二、三日旅行に来てロッジを訪ね、一日一緒にハイキングしただけなのに、それを母は「世話になった」と言うのだ。私はKの両親が気軽に旅行しているのを見て羨ましく思った。私の両親は当時そんな余裕がなく、二人で旅行することも家族中で旅行することもなかったのだから。

高校一年の時から私はイギリスのペンパルと文通を始めていた。イギリスに三人、アメリカ、ブラジル、フィンランド、スエーデン、インドネシア、と方々から手紙をもらったが、今もってやりとりしているのは、イギリスのMargaretとLizの二人である。この二人には当時から、英語を通して〝生きる感覚〟とでもいうものについて圧倒的な影響を受けてきている。日本国内にいて「受験」「受験」と押しつけられている我々というものが、いかに特殊な状況に置かれているか、ということを知らされていたからだ。私は初め、文通の手引書を見ながら、そこに出ている例文を懸命に写すことから手紙を書き始めた。家族のこと、天候のこと、季節のこと、学校のこと——しかしそれらは一年間経てば話題が尽きてしまうことばかりだった。MargaretもLizもとても日常的なニュースを書いてきて、その中に私は私の送っている毎日とはずい分違った生活をしている同年代のイギリスの少女の生活を見るのだった。第一、Margaretが初めに送ってくれた彼女自身の写真は、前に、やっと立って歩き始めた位の赤ちゃんを立たせ、その身体を支えている写真であり、それはMargaretがアルバイトでbaby sitterをしているためだった。日本で高校生がよその幼な子を預かるなんてことは当時も今もないだろう。他に手紙の内容としては学校でやるクリスマスパーティのこと（ダンスパーティやごちそうのこと）、新しく自分で縫った洋服のこと、雪の道ですべってころんだ、など多様な話題にあふれていた。それに匹敵する話題は私にはなかった。学校で習った抽象的なこと、今度は中間テスト、今度は期末テスト、英語で学んだ小説のこと、などだった。Lizは私が詩が好きだと書いたら、T.S.Eliotの詩を小さな録音テープに入れて送ってくれた。私も返礼に、と頑張って英語のメッセージと、「おぼろ月夜」などいくつかの日本の歌を吹き込んだテープを送った。

Liz もMargaretも、私がこれからいよいよ受験勉強という十六歳にGrammar Schoolを卒業して働き始めた。Lizの方は十七歳で結婚し、十八歳で初めての女の子を産んだ。現在は下に更に女の子と男の子がおり、三人の子供の母親となりながら病院で働いたり大学の公開講座を聴講したりしている。Margaretの方は二度目の結婚で男の子が生まれ、今また二人目が生まれたはずだ。Lizはいつの間にか年に一回だけクリスマスにカードとプレゼント付きの手紙をくれるだけになったが、Margaretの方は実に筆まめで、私が数ヶ月毎に手紙を書くのに対し、すぐに返事をくれる、という程なのだ。近いうちにきっとイギリスを訪ねて彼女たちに会おう、とはもう数年前から思っていて、未だ実現に踏みきっていない私の夢である。

二年生になって考えたこと

風はさわやかだ。私は夕暮近い、それでもまっ青に晴れわたった空をながめながら、この作文を書くことにしたのである。

空は本当にきれいだ。「平和」ということばが、すっぽりあてはまるような気がした。それからまわりの大きな木小さな木、畑の青々とした麦、それに家々やこいのぼりも、それらこの世のすべてのものが、この夕日を浴びて満足そうだった。平和そうだった。現実の世の中も、このように本当に平和ならよいと思った。

それから私はしばらくいろいろの自然物をながめていた。空、大きな木、小さな木、その他たくさんあった。それらはみな、文字通り自然だった。風が吹くと麦の穂も木々もゆれ、すずめがそれらにとまると動いた。美しかったが、なにかものたりなかった。少し単純すぎる。自然は「抵抗」を知らないのだ。この世に生きていて役といえばただ一つ単に成長することだけなのだ。「つまらない」私はそう思った。

その時左の方から、高らかな電車の警笛が聞こえてきた。すると間もなく聞きなれたエンジンの音が聞こえ始め、茶色と黄色にぬられた車体がその音の中に現れ、通りすぎていった。今の電車は人間がつくったのだ。人間は他の動物にない「頭」がある。そしてそれをできるだけ多く利用していろいろのものを発明した。そして現在の世の中をつくっている。私の机も本も、またその辺の家々も、はるかかなたに見える煙突までがみな人間の作ったものだった。私もそのりこうな動物の中の一人だと思うと嬉しかった。しかし反面人間は自然のように美しいものではない。純白なものではない。人間界にはみにくい争いと見栄がある。私は自然界と人間界とが、ごっちゃになってしまった、いったい自然と人間と、どっちが正しいのだろう。

自然界には純白な美しさと新鮮さとがある。人間界には世の中を発展させることのできる「頭」がある。私はゆっくり考えてみた。理想の世の中を——。それはきっと自然界の中の長所と人間界の中の長所をあわせたものだろう。

その世の中はまず平和だ。見栄も争いもない。そしてその世の中はたえず発展しているのだ。単純な世の中ではない。一人ひとりが努力し、協力しあって作った、自分たちの世の中なのだ。そのような理想の世の中は今の人間にもやればできる。一人ひとりがもっと真剣に世の中の発展に熱中すれば。一人ひとりがもっと清純な心を持つならば。私たちもその準備に急ごう。準備——それは勉強だ。勉強をしてそのための武器をつくるのだ。

「二年生になって考えたこと」これをまとめて一口に言うならば「この一年間、できたらそれ以上、のびのびとした自然のかんきょうの中で、学習にはげむ」ということである。空はもう青くなかった。夕焼けで西の空は赤かった。もう日は沈んだ。風が大きなけやきの木をゆらしていた。あとは夜がやってくるだけだ。そして未知の明日……。庭のやまぶきの花が、そんな空気の中に、くっきりと浮かんで見えた。

（一九六一年四月二十五日）

チョコレートパフェ

ある時、友人から次のようなことを聞いた。

「通学ルートを変えたの。バスを使わないで、電車と地下鉄だけにしたわ。途中駅に英会話学校があるでしょ。学校の帰りに寄るのに便利なので」

なるほど、と思い、私も彼女と同じルートにした。バスは、道路が混んでとても時間がかかり、うんざりすることが多かったので、そこから逃れられることに期待したのだ。のみならず、途中には確かに、英会話など語学学校の看板がいくつも見える駅があったので、いつの間にか私も、そのうちの一つに行ってみようかな、という気になっていた。駅から一番近そうなところに行って案内をもらい、自分の英語の実力に相応しそうなクラスを選び、週一回か二回寄って一時間程度の授業を受けることにした。先生は日本人だが、アメリカの大学を出た人とか、仕事でアメリカに滞在していたような人たちで、さすがに発音は本物だと思った。生徒は、と言うと、学校と違って年齢は一律ではなかった。私のように高校の帰りに寄る制服姿の高校生男女が多数だったが、それ以外に、会社帰りの勤め人風の人たちも何人かいた。総勢二十人程だっただろうか？

会話の教科書に沿って、先生の読み上げるあとに全員で声を上げたり、生徒一人ひとりに順番に読ませたり……といったありきたりの授業で、教室のつくりも学校のようだったが、私にとっては学校とは違う雰囲気が気休めになった。

ある日、順番に一人ずつ当てられて一行の文を読むように指示されているとき、一人の女性が、なかなか声を出せなかった。どうもスムーズに英語の一行を声に出せないようなのだ。読もうとしているのだが声になって出てこない様子。先生は次第にイライラしてくる、と同時に無言で次の人に進めてしまったのだ。

その女性は明らかに学生ではなかった。年も私より五～六歳上に見えた。昼間は会社勤めでもしているのだろうと思われた。我々のように現役の高校生として英語を学習しているわけではなく、とうの昔に卒業してしまったため英語というものが身近なものではなくなってしまった人なのではないか、と思われた。それでも何らかの関心があってこの英会話学校に来ることにしたのだろう。久しぶりに学校のようなところに来て、読み慣れない英語を大勢の前で声を出して読むことができなくなってしまったに違いなかった。昼間働いているのであれば、予習する時間もそんなにはないはずだ。そう思うと気の毒に思った。

その後また別の日に、私は、たまたまその席が空いていたので、彼女の隣に座った。そしていつものように授業が始まり、一人ずつ順番に一つの会話文を読んでいくときになったのだが、その日先生は私のとなりに座る女性にはあてずに飛ばし、その向こうの人の次に私を指してきたのだ。私は「この人の番ですよ」と隣の女性を見ながら先生のほうを向いて言った。

先生は「読めない人は飛ばします」と平然と応えるではないか。

私は咄嗟に言い返した。

「読めるようになるためにここに来てるんですよ、私たちは！　この人が読めるようにするのが、先生の仕事ではありませんか？」

しばらく沈黙が続いた後で、先生は私の隣の女性に手を差し伸べて読むように促した。女性はその日は小さな声ではあったが、読むべき一行の英語の会話文を発声できたのだった。

教室の中にみなぎっていた緊迫した空気がそこで一気に消え、いつもの空気に戻ったのだった。

そんなことがあってしばらくした頃、その英会話学校の帰りに駅で電車を待っていたら、少し後に例の女性が歩いて来るのが見えた。同じ路線で帰るとは知らなかった。彼女の方から話しかけてきた。

「どちらに住んでいるの？」

私は自宅のある下車駅名を答えた。彼女はもっと先の、急行が止まる郊外の駅まで帰るとのことだった。

私は、担当の先生の悪口を言いかけたところ、彼女はさえぎって言った。

「あなた、今日ひとつ前の駅で途中下車しませんか？　駅前の店で少しお話していきませんか？　いつかのお礼に私が何かごちそうしたいんです」

私の頭の中ではすぐに、その駅名と、この鉄道の沿線のあちこちにチェーンで営業している洋食及び喫茶店の名が浮かんだ。

「お礼されるほどのことは何もしていませんよ」と私は言いながらも、この咄嗟の申し出には否定する理由を感じなかった。ただ気になったのは、お店で何か飲食する場合、自分で支払えるだけのお金を持ち合わせておらず、この女性にごちそうになるしかない、という後ろめたさがあるのだった。それなのに潔く断りもせず、私は途中下車することに合意したのだった。

英会話教室の先生の失礼な態度についてももっと言いたかったし、彼女の気持ちも知りたかったこともある。

「この駅なら私は急行に乗って帰れるわ」と彼女は言いながら、二人は私の下車駅の一つ手前で降りた。

駅のすぐ前にあったお目当てのチェーン店は、夕食時とあって人がかなりはいっていたが空席もあり、その中の一つのテーブルに案内された。

「お食事は…?」と彼女が言うので私は「家で食べますから」と答える。

メニューを見ながら彼女は、「じゃあ、チョコレートパフェでいかが?」と言う。

私はそれでいいと答えてから、二人はいろいろな話をした。

彼女は年が二十五歳、高校を出てから会社勤めで八年目になるとのこと。何か新しいことをやってみたくて、長い間忘れていた英語の学校にはいったのだが、現役の方たちにはとてもついていけない、と言う。それでも、いつか先生が自分を無視して進めようとしたとき、私が声を上げてくれたのが、どんなにうれしかったか、と言うのだった。

私としては、そんな些細なことで、チョコレートパフェをいただくなんて、悪いなあ、という思いでいっぱいだった。空の財布しか持ち合わせていないのを恥ずかしく思った。

永田絃次郎の歌

歌手の名前だけは聞き知っていたが、歌そのものは聞いたことがない。私が生まれる前に活躍した人で、戦後はほとんど忘れられていたような人だ、と思っていた。その永田絃《ながたげん》次郎《じろう》のＣＤ（二枚組）が出た、という広告を見て買う気になった。先の大戦中に歌われた戦意高揚の歌も一ジャンルとしてひとかたまり含まれているというのに、なぜ買う気になったか？

広告文には、そのＣＤの解説書の中に、永田氏とその家族が北朝鮮に渡った後のことも書かれている、と記されていたからだ。

私が子供の頃、永田一家は近所に住んでいた。わが家と永田家、いずれの家族も貧民層の群がるボロアパートの住人だった。永田家は五人家族で六畳一間、わが家は七人家族で三畳と四畳半という狭さだった。そして「永田さんの奥さん」は、私の母と親しく友達付き合いをしていた。私の母は当時仕立物の内職をしており、狭い部屋に座り込んで一日中縫い物をしていたのだが、そこへ近所の人たちがかわるがわるやってきては、母とおしゃべりを楽しんでいた。そんな客の中に永田さんの奥さんもいたのである。永田家には子供たちも三人いたが、私のきょうだいよりそれぞれ少しずつ年上で子供同士の付き合いはなかった。一番年上の娘さんは芸大に行っている、と聞いていた。皆成績優秀だという噂があり、我々とは別世界に住んでいるかのようだった。

私は小学校低学年だったが、学校から帰ってくると「永田さんのおばさん」が来ているのをよく見かけた覚えがある。それ以外にも、母たちは夕飯の買物の帰りにアパートの廊下などで立ち話をしていることもあった。食べざかりの子供たちを、いかにして満足させるか、等という話題もあったようだ。野菜や米を、いかにうまく節約して毎日の食卓を少しでも賑わせるか、お互いに知恵を出しあっているような会話が多かったと思う。

冬になると、白菜と唐がらし等で漬け込んだ「朝鮮漬」を沢山いただいたものだ。お正月のお餅をそれでくるんで食べたことを思い出す。我が家では皆おいしいと感じていた。

永田さんの奥さんは日本人である。白内障を患っていたのか、目には薄い白膜がかかっており、サングラスをかけていることもあった。顔を合わせると、いつもにこやかに笑いかけて挨拶してくれた。

その日も、永田さんのおばさんは午後のひと時を、縫い物をする私の母と向かい合って座り、おしゃべりを楽しんでいた。学校から帰っていた我が家の末っ子がそこに居合わせており、何をするでもなくそこら辺にいたのだが、つと立ち上がると、永田さんのおばさんと言葉を交わしながら縫い物をしている母親の後ろに回り、後ろ向きに母の背中に寄りかかったかと思うと、プッと音を立てたのである。まぎれもなくお尻から出た音である。末っ子はいつものようにしたり顔でニヤッと笑い、母もいつものことなので「まあ、またやったのね」と言いながら笑って済ませるだけだったが、驚いたのは客人である。びっくりした後、母が笑うのに合わせて大きな笑い声を上げ、ひとしきり止まらなかった。末っ子にとって、これは一種の遊びであり、母を驚かせ笑わせるという楽しみがあった。しかし客人の居る所でこれをやったのは初めてである。予想通り、永田さんのおばさんも笑ってくれたので我が家の末っ子は得意だった。それに、いつもいい子だと思われるのでなく、お行儀の悪いこともする、ということも含めて認めてもらえたのが嬉しかったのだろう。

その後永田一家は絃次郎の生まれ故郷である北朝鮮に帰って行き、金日成によって手厚く迎えられ、華々しい歌手生活を送った時期もあったとのことだが長くは続かなかったそうである。

今回入手した永田絃次郎のＣＤの解説書には、絃次郎の亡くなった時期と死因は書かれているが、「日本人妻・民子の消息だけは今も分からない。」と記されている。

いったい、どのような扱いを受けたのだろう？　日本人妻としてどこかに隔離でもされたのだろうか？　帰還する前に永田さんの奥さんと子供たちは、紘次郎とともに帰るべきかどうか迷い、悩んでいたそうである。

私は思う。どんな逆境に陥ったかも知れないが、「永田のおばさん」が、かつて我が家に来て私の母と語らい、末っ子のとったバカなおふざけごとを思い出し、時には少しでもひそかに笑ってくれるようなことはなかっただろうか、と。そんなことを願うばかりである。

（二〇一五年十一月九日）

理由なき反抗

昨年末久しぶりにきょうだいが集まり両親の墓参をした。

長兄とはしばらく会っていなかったので、その日、むかしのことでちょっと頭に引っかかっていたことを聞いてみようという気になったのです。

「つかぬ事をきくけど」という前置きをしてわたしが訊いたのは次のようなことです。

「私が小学校二年生の頃、たぶん兄貴は中学三年か高校一年くらいだったはずだけど、その頃私は兄貴に、小学校の向こう側の商店街にあった映画館に連れて行ってもらったことがある。その時兄貴はお金を十分持っていなかったので、わたしのことを幼稚園児だからと言い張ってタダで入れろ、と言い続け、そんなはずはない、小学生なんだから子供料金を払えと言う映画館の人と長い時間言い合いをしたんだ。兄貴は譲らず最後に映画館の人があきらめたので私の分は払わないまま二人は館内に入ったんだけど、あの時観た映画は何だったの？」と。

兄はいとも簡単に（つい昨日のことのように）「理由なき反抗、だよ」と答えたのでした。ほぼ私が推測していたとおりでした。「理由なき反抗か、エデンの東だと思っていた」と言ったら兄は「エデンの東じゃあないよ」と言って姉たちとの別の話題に移ってしまいました。

そして一瞬遠くから聞き覚えのある歌が、かすかに聞こえてきたような気がしたのです。

〈グッバ〜イ、ジミ〜グッバ〜イ、グッバ〜イ、ジミ〜グッバ〜イ〉

私としては、なぜあの時わざわざ私を連れて行ったのか、お金もないのによくもずうずうしく私が小学校に上がる前の幼児だなんて言って肩身の狭い思いをさせたのか、等ともっと言いたいことがあったのですが、言えませんでした。

その映画館は小学校から先生に引率され列をなしてよくディズニー映画等を観に行ったところなので、そういう時同じ映画館の人に見つかるとやばいな、と思ってその後しばらくの間、内心ビクビクしていたのです。

（二〇一九年一月）

職歴

履歴書を書かなければならないような折、「職歴」欄に、私としてはこれまで私がたどってきたすべての教育機関、すなわち学校を終えた後に就職したところからのことを書くのが常識だと思っていた。

しかし考え方によっては、学生時代にやったアルバイトを含めても良いのではないか、と考えるに至ったのである。

そこで、私はもはや実社会において就職のための履歴書を書く必要など生じないのだが、自らが携わったことのある「仕事」すべてについて振り返ってみようと思う。

そう考えたところで、ハタと思いついたことがあった。それは、「学生時代にやったアルバイト」だけでなく、それよりはるか何年も前に、私が携わった仕事もあったことを思い出したのである。特にそのことも記録に留めておきたいので、今回この「職歴」という一文を書き残すことにする。

私の職歴は、初めに時系列で列挙すると以下のとおりである。

1. ガムの包装（親の内職の手伝い：小学校低学年の頃？）
2. 出版社（？）で台帳にナンバリング打ち（高一の冬休み）
3. 国民宿舎・八ヶ岳ロッジで住込みのアルバイト（高二夏休み）
4. 中学生に英語の家庭教師（大一）
5. 広告会社のモニター（大二）
6. 学習塾で小中学生の先生（大三〜四）
7. 医学部大1のドイツ語家庭教師（大四）
8. 大学受験用通信教育（英語）の答案添削採点（大四）
9. 印刷会社で正社員として原稿の種類別印刷工程の指示等（大四〜卒後半年程）
10. 高校生に英語の家庭教師（一九七二・一）
11. 学術団体事務局で正職員として、編集、出版、その他多様な事務に携わる
（一九七一・十一〜二〇〇八・三）

以上である。

(1) ガム包装の内職

私が小学校低学年の頃だっただろうか？　近所の人たちに誘われて始めた内職だったようだ。母か祖母が材料をガム屋からもらってきた。大きな風呂敷に包んで背負って運んでいた。その中から長くつながったチューインガムを取り出し、食卓に使っている大きなお膳の上に積み上げ、お膳を囲んで座る家族皆で作業する。まず三cm四方ぐらいの一個一個、切り込みごとに小さなものにちぎっていく。次にその一個一個を小さな銀紙でくるんでゆく。

そして銀紙の上からカラー印刷で絵が描かれたレッテルを巻く。この状態のガムが、当時駄菓子屋に行くと一個五円くらいで売られていたガムの形なのである。内職ではそれらを規定の数量だけ厚さ三～四cm、二〇～三〇cm四方位の大きな箱に詰め、セロファン用紙で包み糊付けをする。だいたいこんな流れだったと思う。そうして箱詰めにされ仕上がったガムは、預かってきた分また大人たちが背負ってガム屋まで納めに行き、代わりに手間賃をもらってくる、というわけだ。

子供たちは遊び半分で手伝っていただけだが、ガム屋からもらったお金は、子どもたちに順番で何か買ってもらえる財源となった。私は木琴を買ってもらった覚えがある。

(2)　出版社（?）で台帳にナンバリング打ち（高一の冬休み）

私の通っていた高校には、当時新宿にあるデパート伊勢丹から食堂のウェイトレスのアルバイト募集が来ていたが、そんな仕事はやりたくないので、新聞の求人広告にあった事務に応募して、やることになった。

朝九時から夕方五時まで、黙々とナンバリングを、ページ付けのためだろう、大きな台帳のようなものに一ページに一つずつ打つだけの仕事を一週間ほどやった。ほかの学校の生徒もおり、男女計十人足らずの高校生が会議室の様な一室に入れられて、互いに口を利くこともなく言われたことだけに専念した。はじめにその会社の人の説明があったが、極めて丁寧な口の利き方だった。午後三時になると牛乳が一本ずつ配られて、小休止ができた。私はここで初めてナンバリングという作業があること、またそのための道具があることを知った。

(3)　国民宿舎・八ヶ岳ロッジで住込みのアルバイト（高二夏休み）

高校二年の夏休みには、約一か月間家（親元）を離れて清里でアルバイトをした。

その場所は、中学三年の夏休みに三泊四日の林間学校として行ったところだった。その時いっしょだった友人Kが「あそこは涼しくていいところだから、アルバイトしに行かない?」と誘ってくれたのだ。しかし問い合わせたところ、地元山梨大の学生しか採用しないと言って断られたというのだ。それをKは父親に頼んで保証人のようになってもらい、父親から再度先方に電話して交渉してもらったらしい。Kの父親は当時某銀行の支店長という肩書だったそうだから、ロッジの経営体である山梨交通と渡り合うことは、朝飯前のことだったのだろう。おかげで我々高校生にも東京からアルバイトに行くことの許可が下りたのだった。ただしアルバイト料金は大学生の半額、一日わずか四〇〇円だった。

それでもKと私は、宿泊費と食費が「ただ」の旅行に行くことができるぞ、という思いでいっぱいだったので、喜び勇んで出かけて行った。中学生の時林間学校で行ったときは小淵沢で小海線に乗り換え、清里まで全線鉄道だったが、この時は甲府で下車し、山梨交通本社に寄って、清里までのバスの無料乗車券をもらい、バス旅行となった。そのように未知のコースを走るのも嬉しかった。

ロッジでは、「東京から来た高校生」ということで、特別丁重に扱われたと思う。二人に与えられた仕事は、お土産類を販売する売店の店員だった。宿舎はロッジの近くの木陰に別棟の小屋が建っていて、そこからロッジに行き来した。売店は小さかったせいか、店員は我々二人だけに全面的に任された。朝五時に起きて、夕方何時までだっただろう?

よく覚えていないが、仕事が苦痛に思えたことはない。ほかにも浴衣をたたむ仕事など命じられるままにやったり、夜は食堂の隅で持参した英語の勉強をしたり、池のボートに乗って遊んだりした。

バイト料金はもらえなくなるが、休暇を取ることもできたので、一日休んで飯盛山にも登ったし、Ｋの両親が訪ねてきた日も休んで、一緒にハイキングを楽しんだ。

また、売店の仕事に飽きて、途中から厨房の仕事に変えてもらった。こちらは朝四時起きという厳しさだが、ほかのアルバイターたちと一緒になって働く楽しさがあった。責任者としては、皆が「コックさん」と呼ぶ男の人が一人いて、メニューやらアルバイターへの指示など、食事に関するすべてを請け負っていた。それでも二十五歳とのことで、休憩時間にはアルバイターと一緒におしゃべりしたり、卓球をして遊んだりしていた。

元気のあるアルバイターは、夜の間に登山をし、赤岳まで行って明け方に帰ってきたりしていたが、我々はとてもそれにはついていく自信がなかった。

清里には当時私の高校の寮もあり、夏休みなのでサークル活動で泊まりに来るようなグループもあったのだが、私が一年の時に居た新聞班の一行がハイキングの途中か何かで訪れたこともあった。顧問の先生も一緒だった。私がここでアルバイトをしていると言ったら、じゃあその経験談をあとで新聞に書くように、と言われた。

後日書いて提出したのだが、長すぎるから短くできないか、と言われた。それに対して「短く書き直すつもりはない」と言って断り、おしまいになった。

山も八月の後半になると日の暮れるのが急速に早くなるのが感じられ、夜になると気温も下がるのが感じられるようになる。アルバイターの大学生たちとは休憩時間などに結構いろいろな雑談を楽しんだものだ。

予定の期間が終わり、帰る時にはまた甲府までバスで出て、アルバイト料金を受け取り、甲府からは電車で帰ってきた。

そんな具合でこの年の夏休みは思い出深い体験として、いつまでも心に残っているのである。

(4)　その他

家庭教師や塾の先生のアルバイトは、お金が目当てではあったが、それとともに、自分の勉強の延長でもあった。

中学生に英語を教えた、というのは、近所の子供がほかに二人の友達と一緒に、つまり三人で我が家にやってきて賑やかにおしゃべりしながらやるもので、私も一緒に、五歳年下の彼女たちとの交流を楽しんだものだ。

ドイツ語というのは、本人が全くやる気のないところへ父親の独断で家庭教師をつけただけのことだったので、専ら私ひとりの一方的講義に終わった。

最後に、当時地域活動をしていた私の母を経由して頼まれた家庭教師は、もう就職した後だったので、仕事帰りの夜に行くことになったため、アルバイト料金を、学生の相場の二倍に吹っ掛けて提示してやった。そうしたら、敵はさる者、とはよく言ったもので、初日に親父さんまで出てきて、つまり当該の子供の両親が出てきて私に「よろしく」と挨拶する際に、「料金は承知しました。子供は双児なので二人います。一人に教えるのと同じでしょう」と言うではないか！　これにはギャフンときたが、可笑しくもあったので反論せず言いなりになってしまった。

通信教育の採点の仕事は、親元を離れ、下宿していた時期だったので、必死の思いだった。ある時この仕事の会社から下宿先に電話がかかってきて呼び出された。

何事かと思ったら「仕事を委託している学生の一部から値上げ要請が出され、値上げしないと預けている答案用紙を返さない、などと言っています。こうしたことに同調しないように、お願いします」大体こんなことだった。私は以下のように応えたのだった。「私も安すぎると思っていました」と。そしてそのあと実際このバイト料金は引き上げられたのだった。

広告会社のモニターというのは、心理学を専攻する先輩から頼まれたもので、なんでも短時間で破格のバイト料がもらえるというので、数人で連れ立って出かけて行った。詳細は覚えていないが、心理学というものが広告に役立つ学問だということを知ったのだった。

二章　作品

或る夏の日

夏休みの或る日、私は例によってドブ川のほとりに立つみすぼらしいあばら屋を、仲間たちと一緒に掃除していた。そこには一人の立ち歩くことのできない乞食の老人が住んでいたので、私たちはよく学校の帰り道にそこに立ち寄り、給食のパンの残りなんかをあげに行ったりするのだった。そして夏休みには、給食のパンをあげることもできないので、私たちは時々皆でおにぎりを作って持って行ったり、そのボロ家の内外をきれいにしてあげたりする習慣がついていた。だがどういうわけか、このことは誰も母さんたちには内緒だった。乞食に親切にすることは、きっと母さんたちの気に入らないことだと思っていたのだし、結局私たち自身の心の中にも、何となくくすぐったい、うしろめたいような恥ずかしさがあったからだ。

その日私たちは、自分のうちの台所からこっそり持ち出したタワシを手にして、その乞食の家の入り口をきれいにしようと、ゴシゴシこすっていた。そういうことには誰もが異常な熱心さを示すもので、誰もが汗をかきながら、腕にいっぱい力を入れてゴシゴシやっていたのだ。すると、ふいにうしろの方から、私を呼ぶ声がした。振り向いてみると、そここには、よそ行きの服を着、あの、とっておきのツバの広い帽子までかぶった、私の姉が立っていた。

「まりちゃん、母さんが板橋に連れてってくれるんだから、帰っておいで！」

板橋というのは、おじたちの家族が住んでいるところだ。生まれたばかりの従妹がいたし、その従妹が生まれる前には遊びに行くと私のことをネコのようになめまわして「かわいいね、かわいいいね」と言いながら抱きしめてくれるおばあさんがいた。

私には母の目論見がとっさにわかり、姉の役割もわかった。

「いや。今ここのところ、掃除してるんだもの」

「じゃあ、まりちゃんだけ置いてっちゃっても、いいの？」

「いいよ」

私は姉に背を向けてゴシゴシとタワシを床にこすりつける。

「だめよ。早くおいでったら！」

「おじさんの家になんか、いかなくたっていい」

私はヤケになって、バケツの中の既に泥で茶色くなった水の中にタワシをつっ込み、ゆすいでは取り出して入口から壁の下部のあたりを力一杯こすり続ける。

額から垂れてくる汗が眼にはいるので、それを汚い手のままでこすり拭く。姉はまだ後ろでねばっている。母からの命を受けているからだ。姉は母が、本当に板橋に連れていってくれるものと思い込んでいる。小さな頃から私は、母のいい加減なところをすっかり知り尽している。例えば、カレンダーの話がそうだ。米子にいる頃、二つ三つだった私は、白銀の高山が青い空をバックにそびえ立っている写真のついたカレンダーを指して聞いた。

「あれはどこだろう?」

そばにいた母は「スイスだよ」と答えた。

「じゃあ、いつかまりちゃんも連れてって、あの山のあるスイスに」

その時母は答えたのだ。

「じゃあ、今度の日曜日に連れていってあげようね」

そして私は日曜日を楽しみに待った。日曜日がやってきた時、私は早速催促した。

「さあ、スイスに行く日だよ」

母は大笑いをし、姉や兄たちに、私がスイスに行こうと言ってると言っては笑いを呼びかけた。私は母が私に約束しておきながらそれを破ったばかりではなく、はじめから私を欺していたのに気がついて、悔しくて大声で泣いた。母は私が「スイスに行こう!」と言って泣いたと言って更に笑う。

その時から私は母を信用していない。姉にはこのような批判精神が、ほんの一片すらないのだ。

「じゃあ、まりちゃんを置いて、皆で行っちゃうからね。鍵をかけて行くから、後で戻ってきたって家の中には入れやしないんだから！　いいね！」

そう言うと姉は小走りに駆けながら戻って行った。

しかしほんのちょっとしか経たないのに、今度は母がやってきた。プリプリと何やらヒステリックな言葉を吐きながら、他の子供たちが驚きと恐怖の目で見守る中を、母は私を無理やり引っぱって家へと連れ戻してしまったのだ。手と足を洗わされ、その後はもうただほっぽり出されてしまっただけだが、どこかへ出かける様子など少しもなかった。私の考えた通りだったのだ。

姉は母にグズグズと泣きそうな声で、どうして板橋に行かないの、と言ってダダをこねていたが、とうとう諦めて普段着に着換えてしまった。

私は家に居るのがいやだったので、すぐまた外へ出た。原っぱに行くと、紋次郎が網を持って蝶を追いかけていたのでそばに行って、カゴを見せてもらった。紋白蝶が三匹入っていた。私は草の中に坐り込んで、背丈と変わらない位高く伸びたまわりの雑草の中から、七星テントウムシを探し出して手に取ったり、あお向けに寝ころんで空を見上げたりした。高い空は見事に青く澄んでおり、雑草の中からのぞいているのでとりわけ深く見えた。白い雲がゆっくり動いて行く。紋次郎がやって来て私に告げる――「君のお母さんが、向こうを歩いてるよ」

上半身起こして草の間からのぞく。見えない。立って背伸びをして首を廻すと、原っぱに接した向うの道を歩いている母が見えた。いつもの独特のセカセカした歩き方で、カッポー着をかけたまま。学校の方に向かって。いや、川辺のあの乞食のあばら屋へ向かって。私の唇がクッと両端に引ける。私はきっとこうなることと思っていたのだ。背の高い雑草が邪魔をしてはっきりと足元までは見えないけれど、母は両手で、布巾のかかった大皿を持って、そして歩いている。それはまるで映画に出てくる登場人物のようにソソとして、まるで別世界の人のように見えた。

――母の方から私は見えないのだろうか？――

でもたとえ見えたとしても、さっきのように家へ連れ帰ろうとはしない。そんなことするはずがないのだ。なぜなら前に一度、公園に行く橋の欄干に乗っている時、もう片方の欄干には紋次郎が立っていたのだが、母は五〇m位離れたところから買物カゴを提げた姿で私たちを目撃したのに、とうとう最後まで見なかったふりをし通し、その時の私を、何としても放置しようとしたのだから。

間奏曲

――回転扉をまわしてごらん！――

自尊心のためではない――
そんなもの
はじめから持ち合わせてなんかいないのだから
私は。

ただ
全てが風のように気ままで
とりとめがないので
つかみとることができない
手元につなぎとめることができない
私自身を。

私は透明人間？
「では、回転扉をまわしてごらん！
裏側も
本当に透明かどうか
調べてごらんよ」
誰かが言っている。

安堵の気持ちに包まれて

幼少期、周囲の大人たちは
おおむね戦争が終わったことにホッとしていた。
夜になっても電灯を消さなくてもいい、とか
空襲警報のサイレンにおびえる必要がなくなった、とか
戦況について、つい思った通りのことをつぶやいたらいけないのではないか、などと
余計な心配をする必要がなくなった、などなど。
われわれが生まれる前に終わった戦争の時代について
身近な大人たちは誰でも嫌悪と憎しみを口にしていた。

小学校二年生頃のことだ。
区営小ホールで何かの集まりがあり、
私たちはその日のために練習を積んだ「菊の花」を舞台の上で斉唱した。

一クラスで六十人もいた時代である。
舞台にはその一クラスの子供全員が並んだのだったかどうか、記憶にないが
歌った歌はつぎのようなものだった。

みごとに咲いた垣根の小菊
ひとつ採りたい黄色な花を
お人形あそびのお飾りに

みごとに咲いた垣根の小菊
ひとつ採りたい真白な花を
ままごとあそびのごちそうに

歌い終わった後に、母親の代表らしい人から挨拶があったが
その中で言われたつぎのような部分が忘れられない。
「戦争が終わった今、このような歌詞でこの「菊の花」が歌われることは大変うれしいことです。なぜなら、お人形あそびもおままごとも、平和な時代の遊びだからです。

戦時中は、同じ歌なのに1番の歌詞は「兵隊遊びの勲章に」という歌詞でした。
大人たちが戦争をやっているときには、子供たちもそれをまねて、戦争ごっこをして遊んでいたのです。人と人が殺し合う、という遊びはいやなことです。子供たちにはそんな遊びをしてもらいたくないのです。敗戦を機に「菊の花」の歌詞も変わって、本当によかったと思います。この日本が、今後決して戦争をしない国でありつづけますように！」

それを直接耳にした小さい頃には
さほど大事なこととも思わずに聴き流していたが、
年と共にたいせつな言葉と思えてきた。
その話をした人の、いかにも包容力のありそうなふくよかな顔を
母親らしい姿と共に、六十年を経た今でも時折思い出している。

（未明に国会で「戦争法」が強行採決された二〇一五年九月十八日）

解説

底知れぬ飢餓感と短歌的抒情への批評性を宿す詩行
高畠まり子詩集・エッセイ集『小姑気質《こじゅうとかたぎ》』に寄せて

鈴木比佐雄

1

高畠まり子さんは、三十六年も連れ添った詩人の吉田正人氏が二〇一九年に他界された後、二〇二〇年三月に吉田氏の第一詩集『人間をやめない　1963～1966』を、同年八月にはガリ版印刷等で手作りした六十冊の小詩集などをまとめた詩集・省察集『黒いピエロ　1969～2019』を、正人氏に代わって刊行した。さらに二〇二一年四月にエッセイ・創作集『共生の力学　能力主義に抗して』を、吉田氏の残された論考などをまとめて刊行された。まり子さんは、夫の残した詩とエッセイと論考の誰よりも良き理解者であり、先天性脳性麻痺の障がい者であった夫の文筆活動を支えてきた方だ。二人は互いを啓発し合いながら良き時間を過ごしてきたことが序詩『春眠暁を覚えず／（吉田正人との共作）』を読めば明らかになってくる。

春眠暁を覚えず*／（吉田正人との共作）

春眠暁を覚えず／処々啼鳥を聞く／夜来風雨の声／花落つること知る多少ぞ〃寝ぼけまなこをひとこすり／うつつに聴いた鳥の声／吹き荒れてたな　そういえば／花も散ったか庭一面〃ぐっすり眠って起きもせず／啼く鳥の声も気配だけ／風の吹いたもわからない／縁先に立ちてそれと知る〃あゝもうこんなに陽が高い／鳥たちゃとっくに起きている／夜じゅう風が吹きすさんだなぁ／降り積もったは花びらか〃組んずほぐれつ夜っぴいて／朝まで聴こえた雁の声／吹き荒れたのは外のみか／あいつと覗く窓の外／（中略）／役人風情に揺り起こされた／カァカァからすも啼きまつわるが／おいらは都会のゴミではないぞ／殺られちゃなるめぇ散る花じゃなし〃せんべぇぶとんもぬくとくなった／連中のように早起きゃ無用／夜中の嵐が騒がしければ／昼まで惰眠をむさぼるぞ／どうせおいらは散った花びら／（二〇〇一・三・二十四）〃＊〔二〇二三年版の脚注〕孟浩然の詩を基にして

私が初めてまり子さんのご自宅に吉田正人第一詩集『人間をやめない』の打ち合わせにお伺いした時に、日本や世界の文学全集、ニイチェなどの思想・哲学全集、宮沢賢治などの作家・評論家達の個人全集が整然と置かれていて、その収録の仕方から何か書籍への尊敬と愛情を感じ取ることができた。選りすぐった日本・世界の書籍の質の高さに驚き、その膨大な書籍の内容を語り合ってきた二人の暮らしがあるように思われた。それらに刺激を受けて吉田氏が詩や批評文等を執筆してきたことが理解できた。ただまり子さんが詩やエッセイを書いていることはその時は明らかにされていなかった。本書の序詩は、二十年ほど前に二人が即興で作った連詩のようなもので、まり子さんが書き留めておいたという。

そのような二人が孟浩然の有名な漢詩「春暁」の書き下し文に呼応するような詩となっている。二人は詩的精神を共有していて、面白がりながら、連詩のようにつなげていく。あたかも本歌取りをするように詩的精神が、鳥や花や互いの存在を躍動させながら、洒脱な遊び心を持って、古典を現代に生かそうと展開させていく。吉田氏だけでなく、まり子さんも同じように独自の詩を生み出そうとする精神性を共有していたに違いない。二人は精神の最も重要な在りかを共有していたのだろう。

2

本書は第Ⅰ部「詩集」が三章に分かれ、第Ⅱ部「エッセイ・作品集」が二章に分かれている。第Ⅰ部「詩集」の一章「夕暮れの散歩——古いノートから」には十六篇が収録されている。その中の詩「砂」は、子供時代のまり子さんの切実な感受性を明らかにしている。

砂

「一握の砂」――／かの歌人の感傷と違って／私の「砂」は／やるかたのない「飢え」を思い知らされた／悲しみの　砂である〃しゃがみ込んで　まじまじと見つめる／一帯に広がった　砂／「これが全部／おいしい　ごはんだったら　いいのに！」／その空しい願望が／思わず／「一握の砂」を口へ運ばせた〃誰にみられたわけでもないのに／はじらいの気持ちが／大波のように／胸一杯　寄せて来て／私自身を呑み尽くした〃浜辺に近かった生まれ故郷――／五歳で／そこから引き離されたということは／その時のはじらいから／逃れてもよい　ということだった〃都会のアスファルトは／確かに／そうした悲しみもはじらいも／見事に封印してくれる／都合のよいものだった

まり子さんはきっと高校生か大学生の頃、啄木の歌集『一握の砂』の「東海の小島の磯の白砂に／われ泣きぬれて／蟹とたはむる」、「頬につたふ／なみだのごはず／一握の砂を示しし人を忘れず」、「いのちなき砂のかなしさよ／さらさらと／握れば指のあひだより落つ」などの短歌を読んだ際に、子供時代の「砂」への思いを回想し、啄木の短歌の「砂」への感傷性に違和感を覚えたのだろう。まり子さんには、戦後に詩人の小野十三郎が短歌的抒情を否定し奴隷の韻律と批判したのと同様な思いが感じられたのかも知れない。まり子さんの詩的精神には徹底したリアリズムが貫かれていることが理解される。その原点には家族は中国・北京からの引揚者であり、父母は東京出身だが、たまたま祖父母が身を寄せていた鳥取県米子市に引き揚げて来て、間借りしていた農家の一室でまり子さんは一九四八年に生まれた。その後一家は市営住宅に移ったが、まり子さんの家には父母、祖母、兄弟姉妹四人の七人が暮らし、絶えず空腹感を抱いていた。それゆえ、《一帯に広がった砂／「これが全部／おいしい　ごはんだったら　いいのに！」》という飢餓感を想像力で補うことで精神のバランスを取るために、詩「砂」を書かれたのだろう。敗戦後、父親の仕事も安定せず、弱い立場にいた引揚者一家の末の子の視線で詩が記されている。《その空しい願望が／思わず／「一握の砂」を口へ運ばせた》という表現などは、戦後の子供たちの底知れぬ飢餓感や短歌的抒情への批評性を宿す貴重な詩行であり、まり子さんの原点を記す詩であると私は考えている。

3

二章「小姑気質《こじゅうとかたぎ》」は、まり子さんが三十代初めに書かれた、日本社会の根本的な在り方を問うた私家版の風刺詩集である。序文と十九篇としめくくり（あとがき）と増刷版の追記から成り立っている。その序文を引用する。

序文〈弱い者イジメから強い者イジメへ！〉

「小姑」という字は、正確には／「こじゅうとめ」と読むそうである。／しかし、女だから「め」をつける／というのは気に入らぬ。／一般に言いならわされている／「こじゅうと」でいいじゃないか。／ついでながら「ヨメをめとる」／というのも二十一世紀の小姑には／カチンとくることばである。／「ムコをおとる」という言い方を／つくり、広めるべきか。〃昔から小姑は〝ヨメいびり〟を主要／な任務とする、男社会の中の家制度／を強固に維持するための役割をに／なってきた。／二十一世紀の小姑の主たる任務は／〝ムコいびり〟に象徴的にあらわれる／ように、資本体制下の消費文明の末／端細胞たる核化したものも含む家制／度を解体することにある。

この序文で、詩「砂」を書いた若い女性が、十数年後の一九八〇年代の古臭い男尊女卑の因習が残る日本社会や家族関係の問題点を鋭く指摘し、ジェンダーフリーを先取りするような考え方を、今から四十年前に、長編詩において表現していたことは驚きであった。〝ムコいびり〟という発想はきっと今の男性たちに知らせたい革命的な言葉だろう。十番目の詩「ムコいびりのうた」の「1」を引用する。

ヨメさんが出産する時位／会社を休んで／分娩に立ち合いなさい／陣痛がどんなに長くても／ベッタリそばに寄りそって〃あんたの子供が生まれてくるのを／真正面から受けとめて／逃げることなく／ヨメさんと一緒に苦しんでやって〃会社人間たちから／どんなに後ろ指さされようと／医者や看護婦、母さんたちに反対されようと〃たった一人で出血しながら子供生んだ女を／讃える奴がある――〝カッコエエ〟だなんて／その場に立ち合いたくない男の御都合主義さ〃その女は／讃えられて／「ありがとう」とでも返答しただろうか？

四十年後の現在においては、まり子さんのこの考え方は世界レベルでは当然視されており、日本社会でも賛同する人びとは多くなっているだろう。しかし当時の男性中心の社会や家族関係の中で生きていた人々は、まり子さんの「ムコいびりのうた」などのような風刺詩に対して、想像を超えた人間の本来的な観点からの指摘であり、的を射ていることもあり、眉をひそめてそっと詩集を閉じてしまったかも知れない。まり子さんの試みは、ジェンダーフリーの観点からは画期的な詩集であったと言えるだろう。

三章「反・万世一系」は十三篇の連作だが、単純に天皇制に反対する詩篇ではない。冒頭の吉田正人氏の「直言　――序文に代えて――」を引用する。

――陛下！　あなた様のお立場を、あまりご明確なものにはなさいますな。あなた様のご意志は、あなた様のお身の上にとって（延《ひ》いては、その尊い御家名に思いを致すわれわれにとって）文字通り不都合なものであり、ややもすれば国民は、それによって自らの眼を開き、あなた様の存在の何たるかを学ぶでしょう。あなた様のお立場の問題は、総て彼ら国民の談ずるがままにさせて置きなさい。《万世一系》の理念とその全構造とを、彼らに把握されてはなりません。あなた様が、努めてご自身の意志のあるところを、公にお示しなさらない……そのことが、陛下！　あなた様のお立場を、ますます堅固なるものにするのです。彼ら国民を相互に対峙させ、彼らが、己れの議論に倦み疲れるまで、不断に争わせて置きなさい。そうして、彼らにも又、あなた様とご同様に、それによって自らの責任を問われることのないように保障してやるのです。けだし、この日の本の国においては、開闢《かいびゃく》以来、無責任は国是でございます。――彼ら国民をして、《万世一系》の誠の礎を築かせなさい。さよう！　それが、陛下御自らのご意志ではない以上、どちらに転んだにせよ、陛下のお身の上は、ご安泰と申すものでございます。

吉田氏は天皇制の存続してきた本質は、「あなた様のお立場の問題は、総て彼ら国民の談ずるがままにさせて置きなさい。《万世一系》の理念とその全構造とを、彼らに把握されてはなりません。」と天皇制を神秘化させて不可侵の存在にすることだと指摘する。さらに「この日の本の国においては、開闢以来、無責任は国是で。――彼ら国民をして、《万世一系》の誠の礎を築かせなさい。」と言うように、天皇もそれを支持する国民も決して「無責任」であることを問われないことを国是として内面に住まわせるのが《万世一系》ではないかと考えているようだ。その意味では《万世一系》を掲げる天皇制という神話を抱き続ける日本国民の深層を照らし出そうとしている。その「直言」を受けてまり子さんの詩篇は続いていく。その中の九篇目の詩「語彙」を引用したい。

「平等」――／この　美しい言葉を口にする者は／誰でも知っているだろう／この言葉の真実が／「画一性」には　ないことを〃「愛」――／この　美しい言葉を口にする者は／一度は思ってみただろうか／「血縁」と、いかなる関係も／持たないのだというこを／「差別」——／この　粉砕すべき事柄が／多くは／人々の善意によって成り立っていることを／「善良なる人々」は／果して　知っているのだろうか？

まり子さんは、日本語の使用され方が「無責任」な言葉になっていることに、危機意識を感じているように思われる。それゆえに自らの使用する「語彙」に責任を持ちたいと願っているのではないか。その意味で「平等」、「愛」、「差別」という言葉の深層を照らし出して、自らの生き方を通してそれらの言葉の本来的な意味を生きようと考えて実践していると感じられる。愛する人が障がい者であっても、自らの信ずる道を貫き通したまり子さんの言葉だからこそ、読者には人間としての誠実さや真実が伝わってくると思われる。

第Ⅱ部「エッセイ・作品集」には第Ⅰ部「詩集」を生み出したまり子さんの自分史のような歩みやそれをベースにした創作も収録されていて、まり子さん一人の証言であるが、団塊の世代の貴重な記録にもなっている。「底知れぬ飢餓感と短歌的抒情への批評性を宿す」詩集やエッセイ集を読み継いでいってほしいと願っている。

あとがき

本書で私は自分自身を臆面もなくさらけ出すことになりました。時は、「前期」が無いままいきなり「後期」を付けての「高齢者」と呼ばれるようになったこの年、すなわち人生終末期であります。

そういうことであれば、のんびり構えてはいられない、とばかりに、これまで書き溜めてきたものをやおら掻き集め一冊の本にまとめ上げたのでした。

五歳の夏から東京で育ってきた私にとって、生まれた土地である鳥取県米子市とは何だったのか、という疑問があったことは確かで、その疑問から、書き始めたものがいくつかありました。家族・親戚に聞けばわかることもありますが、いつの間にか一人、また一人と居なくなる、ということが生じます。子供の頃七人居た家族は、祖母、母、父、と順に居なくなり、最近では上の兄も居なくなってしまったことを考えると、残りは八十歳に達している下の兄と、私のすぐ上の姉、それに私の三人です。同世代のいとこたちとも殆ど行き来がなくなり当時の事情を聞くにも聞けなくなっています。だからせめてこれまでに聞いてきたことだけでもまとめておこうと思ったわけです。

読者の方々には、どのように読まれるか、ご感想でもいただければ幸いです。

詩集「小姑気質《こじゅうとかたぎ》」と「反・万世一系」は、一九八一年および一九八三年に手書きで作成した時は、いずれも「詩集もどき」と銘打ったものです。闘いの道具になればよいと思っていたこともあり、まともな「詩」ではないだろうと踏んでいたためです。ところが今回は「詩集」となっています。コールサック社の鈴木比佐雄氏は、これらの試みを社会の問題点を批判する風刺詩とみなし、多様な「詩集」のありかを多くの読者に問いかけたいと判断されたのです。

本書に掲載されている詩等作品のうちいくつかのものはすでに左記個人誌上にて発表済みであることを報告しておきます。

★「春眠暁を覚えず」、「クリスマス」、「永田絃次郎の歌」、「安堵の気持ちに包まれて」
＝長谷川修児・さかさのイシ主宰、月報「遊撃」

★「表札」＝万里小路譲主宰、一枚誌「表象」第二一二号（二〇二三年四月一日）

本書の編集にあたっては、コールサック社の鈴木比佐雄氏と座馬寛彦氏に大変お世話になりました。また装丁では同社松本菜央さんのお世話になりました。

私にとって初めての出版物です。皆様方には厚くお礼申し上げます。

二〇二三年四月七日

高畠まり子

著者略歴

高畠まり子（たかばたけ　まりこ）

1948年鳥取県米子市生まれ。
著書に詩集・エッセイ集『小姑気質』（コールサック社、2023年）。他に私家版詩集『小姑気質』（1981年）、『反・万世一系』（1983年）を刊行。

現住所　〒164-0002　東京都中野区上高田4-17-1-1118

石炭袋

高畠まり子 詩集・エッセイ集
小姑気質《こじゅうとかたぎ》

2023年5月27日初版発行
著者　　　　　高畠まり子
編集・発行者　鈴木比佐雄
発行所　株式会社 コールサック社
〒173-0004　東京都板橋区板橋 2-63-4-209
電話 03-5944-3258　FAX 03-5944-3238
suzuki@coal-sack.com　http://www.coal-sack.com
郵便振替　00180-4-741802
印刷管理　（株）コールサック社　制作部

装幀　松本菜央

落丁本・乱丁本はお取り替えいたします。
ISBN978-4-86435-562-9　C0092　￥2000E